新　潮　文　庫

新　潮　社　版

11849

目次

オーバーヒート

オーバーヒート

晴人《はると》の視線はまっすぐ伸びて壁のタイルにぶつかる。

僕らは並んで換気扇の下でタバコを吸っている。ごうごうという通常の音にシュンシュンとこすれるような異音が混じっている。この苛立《いらだ》たしい音が前触れもなく鳴り始めて数日続くときがあるが、気づくとまた消えているので、ヤニのせいだろうし掃除すべきなのだがしていないままだった。旋盤みたいな音。高速で回転する金属に油を垂らし、そっと刃を当てると、灰色のかつお節を撒《ま》き散らしながらその素材はだんだん意味を持つものに近づいていくだろう。

晴人の横顔を見る。すると、二人のあいだの短い辺と、晴人から壁への、それより長い辺とで直角の定規になる。僕はその直角に対して斜辺をなす視線で、晴人の視線が伸びていく先へと意識を集中する——ヤニで黄ばんだタイルに蛍光灯が映り込んで、その水溜《みずた》まりみたいな楕円《だえん》のところだけが元の清潔な白さを取り戻したかに見える。

飲みに行ったあと、僕の部屋でセックスをした。それはいつも通りのことだった。挿入はしない。ただじゃれ合うように交替で体の表面を刺激し合い、我慢の果てに精液がほとばしるに至って、そのあと二人でタバコを吸っているこの少し気まずい時間が好きだ。

晴人は僕より肌が白いと思う。いくらか高めに張り出した頬骨の上に目の窪《くぼ》みがバルコニーのように載っていて、その瞳《ひとみ》はガラスで閉ざされた室内の暗がりを示している。

頭の中には脳があるわけだ。ピンク色で柔らかくて湿って重たい荷物がある。オイル漬けの牡蠣《かき》にも似たぬらぬらと光るそれの重さを体の一番上で支え続けなければならない。だがまた、そこには空っぽの屋根裏のような空間がありそうだ。とも思いながら、僕はタバコを灰皿に押しつけた。薄暗い部屋がある。目、鼻、口から光が差し込んでいて、そのまっすぐ伸びる淡い帯の中を悠然と埃《ほこり》の群れが海流になびくプランクトンのように立ち昇っている。

泊まってけば、と僕は訊《き》こうとした。

タバコを消してすぐ口を開きそうになり、その勢いに乗ってもいいはずなのに一瞬息を止め、そしてまた息を吸って吐いた。断られるなら言わない方がマシだ。

晴人もタバコを消し、僕は換気扇を止めた。

「じゃあ、そろそろ電車やばいから」

と言って晴人はソファの方へ行き、黒いナイロンのバックパックを担《かつ》ぎ上げた。

仕事帰りだから重そうだった。その重さは赤ちゃんくらいありそうだと思った。

「増えたなあ。酸素足りんとちゃうの?」

男はそう言って笑い、水槽を見下ろしている。皆にゴジラと呼ばれ、いつもスロットマシンにかじりついている男。L字のカウンターの短い方の端にスロットマシンがあり、その液晶の光にぼうっと照らされる隅っこが定位置で、たぶんここの誰も名前も仕事も知らないその男が黒いTシャツから生《なま》っ白《ちろ》く太い腕を突き上げて水槽にエサをまぶそうとする。

入口の脇《わき》に水槽があって、薄く開いたドアの隙間《すきま》からアスファルトが濡《ぬ》れているのがわかる。夜も雨が続いていた。今日はずっと雨で、もう梅雨入りすると思う。晴人が予想通り帰ってしまってデートが終わり、それからシャワーで陰毛から腹にこびりついた精液を洗い流し、別の服に着替え、傘を差して自転車でバーにやってきた。

小さな熱帯魚の赤や紫や青の尾ひれがゆらゆらと漂う光景は、鬼火が夜の山を漂うようでも、水にこぼれた血の煙幕が消えずに渦巻いているようでも、あるいは何かの記念日に戦闘機が空に字を書こうとしているようでもあった。そして絡《から》まっては離れてを繰り返す曲線のあいだをゴジラが入れた鼻クソみたいなツブツブがのらりくらり揺れ落ちていけば、きらびやかな色彩が狭く生臭い空間いっぱいに炸裂《さくれつ》する。激戦地にパラシュートで兵隊が投下されたのだ。

水槽のそばまで来ればわかるが、空気を送り込むポンプの粘っこい振動がずっとＢＧＭの下に響いている。

なるほど数が増えた。倍くらいになりました？　と僕はそのガラスの長方形に向けて言った。地球上どこにも存在しない大自然を映し出しているその冷たいスクリーンは僕の声を打ち返し、後ろにいる島崎さんが怠《だる》そうな声で反応した。

「入れすぎなんですけどね。でも週末までなんで」

「買いに来るの？」

「常連さんで、欲しいっておっしゃる方がいて、持ってきたんですよ」

この店舗も含めて天満《てんま》や十三《じゅうそう》など大阪キタ周辺に系列のバーがあるのだが、会社のオーナーは数年前からグッピーの繁殖にハマり、バーテンダーたちは嫌々ながら手伝いをさせられていた。酒を売ろうが魚を売ろうが会社の利益になるなら何でも同じことではある。

島崎さんはずっとこの店を任されている会社立ち上げ時からの古株バーテンダーで、その落ち着いた接客ぶりには一種の凄《すご》みすらあると僕は感心していた。島崎さんは僕には無駄な干渉をしない。一緒に盛り上がるべき客とは盛り上がるのだが、盛り上げ役を買うときでも彼一人はどこか、ここではない冷え冷えとした地面に立っているみたいなのだ。もちろん店の人だから、むやみに客と一緒になって騒ぐのでは商売にならないが、彼の呼吸にはそれだけじゃないものがあった。それで僕はなんとなく怖い感じも抱いていたが、だからこそ安心してこの店に通うことができるのだった。

島崎さんは見た目も落ち着いていて、もう中年で僕よりちょっと下くらいかと思っていたら、まだぎりぎり二十代だと知って驚いた。みんなはシマと呼ぶが、僕はどうも緊張感が抜けない感じで、ずっと島崎さんと呼んでいる。年上みたいに思っている。

島崎さんには、見えてるよな。

カウンターに戻った僕はそう思いながらiPhoneをひっくり返し、画面を下にして置いた。もう見なくていい。

僕はずっとツイッターを見ながら、ツイッターしか見ずに飲んでいた。人々はゴジラの側に座ることが多く、集まると島崎さんとUNOの勝負が始まる。負けた方がテキーラのショットを一気飲みさせられる。テキーラのイガイガする苦みをごまかすためにオレンジジュースをすぐあとに飲む。という輪に僕は入ることなく、反対の端から二番目だったり、一番端だったりにいつもいる。こちらはキッチンのそばで、ここなら静かにしていられた。

僕はこの場であまりしゃべらない。ヘタにしゃべらないようにしている。あまり構わないでほしいという「壁」を、感じさせたくないが感じさせているのかもしれない。島崎さんにはそれがわかっていると思う。そう感じさせないようにと気にしていることまで。

その壁は、文字でできている。外からは見えない文字、音が聞こえない言葉の壁だ。

僕の体の周りでは夥《おびただ》しく言葉がシロアリみたいにうごめいて、かすかに光を発している。言葉に包囲されている。勝手に湧《わ》いてくるその苛立たしい群れを少しでも追い払いたくてツイッターをやっている。

島崎さんには、見えてるよな。

という文字列も暗がりに一瞬浮かび上がり、そしてパラパラと、ビスケットを食べこぼすみたいに崩れ落ちた。

そんな様子が見えてるのかもしれない。金色の液体を手早く注ぎ、泡を追加して生ビールが完成して、細長いグラスをゴジラの方へ持っていく島崎さんの背を目で追っている。

ゴジラが言った酸素という単語が、ドブ川を流れてきたコンビニの袋のように頭のどこかに引っかかって揺れている。僕はまた水槽の方を見やる。ここからは距離があり、その長方形は視野の中央に収まってぽっかりと光っていた。ビールみたいに気泡が立っている。空気は右端に出たチューブから送り込まれている。ポンプで空気を送り続けなければ、息が詰まって生きていられないからだ。

1

朝、キッチンで灰皿を見ている。

水道の脇にある学生時代から買い換えていないアルミニウムの丸い目覚まし時計が、カチカチと音を立てている。今この部屋にはひとり僕だけがいて、その規則的な固い音は、すぐ耳のそばで何かを打ちつけているようだった。

今はアラームは iPhone でかけるから、その目覚まし時計はもうただの時計で、キッチンにずっと置きっぱなしで、シンクから跳ね上がる水しぶきのせいで粉を吹いたように白い垢《あか》だらけになっていた。

起きてカーテンを開け、バルコニーの窓を開けて空気を入れ換えた。昨日は本格的な雨だった。今朝はその残像のように薄くてぬるい雨があたり一面を湿らせている。暑い。というより外が体温に近くなった。

掃除機みたいにうなる音が灰色の空を突っ切って、遥《はる》かに左の方へ落ちていく。

この空を着陸間際《まぎわ》の飛行機が通るのはわかっていて、そこを通るなら定期的に通るわけで、それでもいいから借りた部屋なのだが、いざ住み始めると最初はひどく神経に障《さわ》り、すぐにまた引っ越しを考えたほどだった。左手に並び立つ高層マンションのずっとずっと向こうに伊丹《いたみ》空港がある。僕は海の上の関西空港しか使ったことがなく、伊丹がどんな地域なのか知らない。興味もない。結局はその音にも一年足らずで慣れた。慣れてしまえば、最初のイライラなど嘘《うそ》だったみたいに、存在するはずの音を意識しなくなった。

この大阪という都市を僕は何も知らない。

だから必要なもの以外はすべて無意味なノイズで、そしてひとたび必要なものがどこにあるかわかったら、それ以外のノイズは透明になった。

細くて女が吸うような薄緑のタバコの残骸《ざんがい》がある。それは昨夜、僕ではない人間がこの部屋にいたという事実そのものだ。今この部屋は、わずかに僕のものじゃない。わずかに他人の部屋だ。という違和感は昨日の高揚がまだ続いている感じでもあるが、それは朝の一服のあいだだけ味わったらすぐ忘れなければならないような気がしている。

二、三日おきに晴人は、小さな個人商店が寄り集まる「市場」に行くのだと僕に言った。それは天満駅のそばにあって、季節のものが安いから行ってみたらと勧められたのだが、怠惰な僕が外食ばかりの生活を変えるのは難しい。

晴人は会計を終えて、ビニール袋にキュウリとか白菜とかを入れ、最後に卵のパックを潰《つぶ》れないように入れようとしたが、それでも卵が危ないからレジに戻ってもうひとつビニール袋をもらってくる。

僕はタバコをガラスの灰皿に押しつけ、その押しつけたそばにある見慣れない、というか見知っているが自分のものじゃない吸殻を、自分の吸殻で脇に寄せた。流しの隅に、吸殻が山盛りになって崩れ落ちそうなコンビニの袋がある。そのすべては僕のマルボロブラックメンソールのフィルターが茶色い吸殻で、そのてっぺんにわずかな晴人の気配を振りかけた。

週に三回ほど京都にある大学へ通い、あとは近所の喫茶店で原稿を書いている。今年は二〇一八年で、五年前、二〇一三年の春に大阪に引っ越してきた。

博士論文が終わり、それで十五年に及ぶ東京での学生時代が終わり、幸運にも一年後に京都の私立大学に准《じゅん》教授として採用が決まったのだが、住むのは大阪にした。東京では中野の方にいて新宿まですぐだったから、高層ビルがぼんぼん見えるエリアがよかった。京都の人には申し訳ないが、東京に憧《あこが》れて栃木から出てきた僕からしたら京都は全体的に茶色っぽい沈鬱《ちんうつ》な地方都市にすぎず、東京から急に移ったら何もかもやる気がなくなりそうだったからだ。インポテンツになりかねないとすら思った。大阪なら「関西の東京」なので、まだ東京にいるみたいに思っていられるだろう。それで大阪の賑《にぎ》やかな地域にした。大阪は十年前の東京みたいだ。と、勝手にそう思っていたかった。東京はこの間、やけにピカピカに改装された駅のトイレみたいになってしまった。

僕が愛した渋谷や新宿のいかがわしい吹き溜まりは、どんな人にも親切な、というより誰にも当たり障りがないだけの明るいガラス張りの空間に置き換えられていき、当然タバコも吸えなくなった。僕は、二〇一一年の震災と原発事故以後の日本を認めたくなかった。復興の象徴としての来《き》たる東京オリンピックも認めたくなかった。僕の喫煙習慣は今ではその意固地を表していて、だからますますやめられない。

考えたくもないが大阪も東京のあとを追っている。毎朝通っていた喫茶店が全面禁煙になって、別の店に引っ越した。ここがダメになればもう近くに候補はなかった。

僕はずっとここにいるのだろうか？

東京に帰りたいかというと、よくわからない。渋谷も新宿も下北沢も変わり、まだそのあたりにいたはずの僕の亡霊も無理やり成仏《じょうぶつ》させられてしまった。しかし大阪には依然として実感がない。家の周りからあまり出ていなかった。もう五年になるのにまだ大阪環状線で一周したこともない。

僕は栃木県宇都宮市の生まれで、一族は栃木と東北で、関西にはまったく縁がない。土地勘がゼロだから、先に関西の大学に就職していた大学院の友人に尋ね、Googleの地図を拡大縮小して目星をつけ、春休みにそのために新幹線で行って梅田の不動産屋で家探しをし、二泊でなんとか決まった。

マンションの裏手には柳の木に囲まれた古そうな板張りのお屋敷があるのだが、それがいかなる古さを物語るものなのか何の推測もできない。表面をなぞることとしかできない。この新しい現実には大して言えることがない。だが、その空虚を埋めるためなのか、東京で培《つちか》った言葉が代わりに溢《あふ》れてくるのだった。東京にいたときよりもずっと多く、視界を埋め尽くすように溢れてくるのだった。

不動産屋の軽自動車に乗せられていて、拉致《らち》されて来た気分だった。どこを見ても無意味、無意味、無意味。東京ならどこでも意味がわかる。いや実際には渋谷新宿、世田谷あたりしかわからないが、それでも東京はどこでも血が通って生きているのを感じていた。

大阪は、生きているのか死んでいるのかわからない。

それでも行きつけのバーができてから、ここがホームだと思えてきた。阪急梅田駅から自転車で帰る途中、そのバーの青いネオンサインが気になっていたが、どうも常連ばかりのように見えて入りづらかった。やっと勇気を出したのは、越してきて一年は経《た》ってからだ。近くのイタリアンで食べたあと、夜八時くらいだった。最初に入ったときは女性のバーテンダーがいた。なっちゃんという名前で、溌剌《はつらつ》としていて一見《いちげん》の客にも親切、距離の取り方がうまくて好印象だった。その日も遅い時間から島崎さんが来たのかもしれないが、最初の二回はたぶんなっちゃんだけだった記憶で、それからこの店は島崎さんとなっちゃんの絶妙なタッグで回しているのだとわかってきた。その頃はまだ水槽はなかった。

関西の喫茶店ではモーニングとだけ言えばトーストとゆで卵のセットになる。その言い方にもすっかり慣れて、東京ではそう言っても必ずしも伝わらないはずだがその認識も考えてみると怪しくて、僕の心身はいつしか否応《いやおう》なく西の世界に侵されているらしい。

いつもの喫茶店でモーニングとタバコ、それで原稿に取りかかる前に、担当学生の修士論文に関するメール。

先週、修士論文の中間発表会があった。論文の提出は十二月だが、この六月つまり半年前に、概要をレジュメを配って発表する。質疑応答の上で、基本的にはゴーサインを出すのが慣例。よほど問題があれば一ヶ月ほど置いて再発表を求めることもある。

今回は哲学者ジル・ドゥルーズに関する論文で、僕の専門はドゥルーズ研究なので、やりやすいようなやりにくいような微妙な心境だった。僕の指導を受けるために東京の大学を出てからわざわざ京都に来た学生である。

ドゥルーズ初期のひとつの著作だけを扱って、議論の進め方を細かく分析するもの。野心的ではないが修論としては十分だろう。全三章の予定で、最初の章は書けて第二章に入っているとのこと。フランス語の訳し方について年配の先生から嫌みったらしい質問が出たが、あまり深入りしないで防御できた。最後に、指導教員として僕は、狙《ねら》いは明確ですね、引き続きがんばってくださいと励ました上で、だが博士に進んだらもっと大きなテーマが必要になりますよ、と言った。そんなことは誰にでも言う型通りのコメントなのだが、それに対して学生の方も、

「これからしっかり考えます」

と、やはり型通りに答えた。それでいい。儀式なのだから。黒の細身のスーツで銀色のネクタイを締めている。彼のそんな格好は初めて見た。きっと結婚式でもこんな格好なんだろうと思った。

無事に書き上がるだろうか。自分が今では若者を見守る立場になっていることに感慨を覚える。

かつて僕は二年で修論を書くことができず、しかもその二年目に実家が破産し、

学業を諦《あきら》めなければならない瀬戸際だった。しかし幸運にも三年目をやることを家族に許され、その後は奨学金を取ってフランスに留学もし、戻って日本で博士号を取り、今日に至っている。

来週水曜の教授会で中間発表会が議題になる。自分の学生について簡単にコメントした書類を前もって事務室に送らねばならなかったが、なんとなく手をつけられないまま今日、金曜日になってしまった。それでパソコンでGmailを開こうとしたときに、若い男三人がガヤガヤと向かいのテーブルに着席した。

いつもそっけなく無表情で、肌が石鹼《せっけん》のように白くて、アンドロイドみたいだと思っている女性の店員がそのテーブルへ行くと、サイドを刈り上げてツーブロックにした色黒の男が間髪入れず、大きな声で「アップルジュース」と言った。浅黒い肌に、妙にかしこまったライトブルーのベストが明らかに不釣り合いだった。

「アップルジュースはございません」

わずかな間を置いて、その店員は平坦《へいたん》な標準語で言った。

アッ、プルと音が跳ね上がり、ジューで一番高くなってスで落ちるという関東人の僕にはひょうきんに聞こえるイントネーションで、その大阪の男はいきなりボケてみせたのだが、イラッとした。なるほど関東では見ない行動である。これで面白いつもりなのか？

Gmailを開いて事務室宛《あ》てのメールを書き、Excelファイルを添付してから、うっかりしていたことに気づく。副査の許可を取るのを忘れていた。主査＝僕に加えて副査が二人いる。異論はないはずだが、他の先生に一応ＯＫをもらっておく必要がある。週をまたぐことになるか。同報メールで月曜までにお願いしますと依頼する。

向かいのテーブルに目をやると、タブレットPCに折れ線グラフらしきものを表示しながら、あのお調子者の男がぴょこぴょこと上下する口調で何かプレゼンしている。勧誘してるんだなとわかる。要は詐欺《さぎ》である。

出資してもらう。つまりカネをくれということで、そうすると増える。早くから動いた人が生き残れるんです。

そんな話だ。

そんなクズみたいな仕事しかやることがないのか。僕は氷が溶けてほとんど麦茶になった残りのアイスコーヒーを啜《すす》り、その顔をぼんやり見ていた。

――男前だ。

無理のない額から始めればいいんです。とは言うが、要はカネよこせということだ。カネがあれば遊べる。おお、生きる意欲そのものじゃないか。意欲そのものがミミズのように波打っている。大阪弁のイントネーションは株価の運動なのだ。クズ男、いい男。僕はまた苦いだけの麦茶を啜る。濁った茶色は日サロで焼いた男の肌そのもので、僕は筋肉が滑らかに起伏するその表面を啜っている。

ブーッと合皮のシートが振動した。

iPhoneに緑色の長方形が浮き上がっている。晴人からのLINEだった。「おはよ！」と一言だけのメッセージ。

その一言だけでも連絡が来るのが生活の彩《いろど》りなのだが、どう返すのがベストなのかいまだにわからない。すぐ返すべきかも迷う。ただオウム返しに「おはよ！」と返すか、「喫茶店で作業してた」と付けるくらい。そう書けば、「がんばってね」くらいは返ってくるだろう。で、途切れる。晴人の方から何をしているかを言ってくることはめったにない。

「早く動いた人、何もしなかった人でこれだけの違いが出るんです」

僕の位置からは向かいのテーブルの下の暗がりが丸見えだった。説明を続ける男は、調子が出てきたのか尖《とが》った革靴を脱いでおり、くるぶしまでの白いスニーカーソックスを履いた脚を片方だけシートに上げ、あぐらをかくようにして曲げている。背筋をぴんと張って聞き入っている正面の二人には、その水面下の状態が見えていない。

いかにも無理があるフォーマルな格好とは裏腹の、そのだらしなく大衆的な姿勢を見ながら、僕は下半身に重たく血が集まっていくのを感じる。スラックスの裾《すそ》がずり上がり、麦茶色のすねが顔を覗《のぞ》かせている。すね毛も見える。薄いが確実にあるすね毛が、おのれの性別を誇示している。

育ちが悪いんだな。

やはり教育は「早く」から行わなければならない。ご丁寧にスリーピースまでキメて意識が高いつもりでも、なるほど体の方は嘘をつけないのだ。

お店の椅子《いす》で靴を脱いであぐらをかく男をたまに見るが、僕は運動音痴で体が固いせいか床でもあぐらをかくのは苦手なので（正座を崩した女っぽい座り方しかできない）、椅子であぐらをかいたらラクだというのがなおさら意味不明で、その下劣な姿には雑巾《ぞうきん》の臭《にお》いが鼻を突くような嫌悪《けんお》を感じ、だから強烈な羨《うらや》ましさで顔が火照《ほて》ってくる。男だ。紛れもなく男。早いうちに去勢されることがなかった男への禍々《まがまが》しい欲情、おお、それこそ生きる喜びだ。何もしなかったのはお前だろうが。だからこんなことになってるんじゃないのか。罵《のの》りの言葉が増殖する。そんな男と一晩中何もかも忘れあらゆる言葉を失い、犬となって吠《ほ》えながら快楽の限りを尽くしたい。このミミズ男が女の体を貪《むさぼ》るのだろうか。彼がもう我慢できなくなり、乳を掴《つか》みながら女の奥底にションベンを漏らすように射精してしまうのを想像していた。

会計に立つときに、隣の椅子が斜めに引かれたままなのに気がついて、まっすぐに直した。

店を出て、そうツイートした。自動ドアが開くと外は生温《ぬる》く、ぶよぶよした塊に体がめり込んでいった。六月初め。そろそろ梅雨入りだとツイッターで誰かが言っている。体温との差が狭くなった外気は自分の体のようで、僕はその豆腐みたいな柔らかい厚みを掻《か》き分けていく。進むほどに、透明なまとわりつくものがグチャグチャになっていく。

朝に舞っていた霧雨はもう消えて、雲のあいだからわずかに陽の光が覗いていた。駅のそばのガードレールに斜めに自転車が連なっている様子が見えてきて、安心した。つまり今日は撤去は来なかったわけだ。自転車というのは移動の自由、そして独身的自由の体現であるべきで、僕は「放置自転車」なる概念を認めていない。「自由駐輪」と呼ぶべきだ。しかし自転車の取り締まりもこの間ひどくなった。新たな言葉をでっちあげて社会問題化する連中に対抗して、そんな言葉をそもそも認めないという闘いが必要なのである。

ともかく、魚の骨のかたちで斜めに並ぶ列に紛れ込ませた僕の白い自転車は確かにそこにある。安心した。

で、昼飯をどうするかなのだが、このまま駅の近辺でもいいが、撤去が来ないとも限らない。気にしない日もあるが今日は何か気がかりで、それにせっかく晴れ間が出ているし、普段行かないところに行くのも悪くない。

そこへ行くには何度か信号を渡らねばならず、それだけで行かなくなるのに十分な理由だ。と思っている少し離れた地域がある。

近頃はタワーマンションもできて高級化しているそのあたりは大阪に越してきた当初は行ったが、生活のルーティーンができるとめったに行かなくなった。最初は好奇心が労力を上回っても、何段階か手間がかかるタスクは長期的には必ず意志を敗北させる。たとえば立派な箱入りの本をいちいち箱に戻していたら早晩読まなくなる。本を置物にしたくなかったら箱は捨てるべきである。コンビニがいたるところにあるのも信号を渡りたくないからに違いない。

というより、大阪への全般的な好奇心が萎《な》えてしまったのだった。大阪で新たな町へ行っても文脈がよくわからないからさほど新鮮味もない。せっかく出かけてみても、東京よりいくらか古い感じがする大都市の一面があるだけだった。

前に行った道順通りに、なぜか今日はそれほど面倒な気もせず信号を渡り、飲食店がありそうな方へ小道を入ろうとすると、ここはどこかで見た気がする。自転車を停めてiPhoneのカメラを周りにかざしてみる。前に来たときの記憶なのかもしれないが、そうかもしれないと同時に、東京にも似た場所があった気がする。結局は東京が懐《なつ》かしいのだろうか？　でもそれだけでなく、もっと抽象的に大阪にデジャ・ヴュめいたものを感じるときがある。

このビルの反射面。その灰色がかった青。勢いよく茂る夏の街路樹。わずかに坂になった道を伸びていく白いセンターライン。自転車を電柱に寄りかかるように置いて、とくに珍しくもないその風景を撮影した。ビル、木、道路というどこの都市にもある要素をバランスよく収めた長方形の画面だ。この湿気。梅雨の晴れ間。次の雨が来るまで安心することができるこの空白のような時間を僕はどこかで知っていた。そしてその時間に僕は一定の意味を与えていたはずなのだ。だが今ここで、なぜかその意味に手を伸ばそうとしても届かない。歌詞がわからない外国のポップスのように、心地よさと苛立ちが混じり合った季節の刺激があるだけなのだった。

それからその小道の先で、マンションの一階に深紅のパラソルが出ているビストロ風の新しそうな店があって目に留まった。ドアと窓の明るい木材は見るからに新品で、真っ白な胡蝶蘭《こちょうらん》の鉢が置いてある。だからごく当たり前に好奇心が湧いた。パラソルの下にメニューの看板があり、コースのランチをやっているので、入ることにした。

おそらく南仏風なのだろう、木の家具と漆喰塗りでデザインされた優美な店内で、女性客が多いようだった。ただ店内は冷房が効きすぎで、そんなに長居できそうにない。ランチは肉と魚がある。肉は豚の肩ロース。魚はカレイのムニエル。ロースだと脂肪が気になるが肉にする。プラス千円で鴨《かも》のローストにできるが、お時間をいただきますとあるし、初めての店なのでいいやと思った。

前菜は、絵の具みたいに数種のソースを散らした皿なのだが、ラタトゥイユ、カボチャのマリネ、オリーブとハムといった内容は驚くほど平凡で、まあ「女受け」狙いで小綺麗《こぎれい》に盛っただけやな、とガッカリした。近所のおばさん連中の社交場になるべき店なのだろう。

実際、隣の席ではおばさん三人組がひっきりなしにしゃべっている。おそらくリーダー格のその一人は、肩に薄紫色のショールを貴族的に掛けており、何か怒りを発散している様子だった。向かいに座る二人はしきりに頷《うなず》きながら、おかしい、おかしいわよ、と唱和している。

「せやて無駄になったかもしれないのに、私に東京に友達がいて、たまたま、ちょうどたまたまだったわけやない」

腕をさすると冷たい。こんなこともあろうかとバックパックに長袖《ながそで》を入れてあるので、トイレで着替えてくる。

肉料理を待つあいだパンをつまみながら、聞こえてくる話の切れ端をなんとか組み立てる。リーダー格は「紫婦人」と呼ぶことにした。誰かの態度がおかしいと非難している。シンプルにはそうだ。そしてどうやら、紫婦人が善意でしてあげたことに対し、お礼の言い方がおかしいという話らしい。

関西に住む紫婦人の友人が、東京で行われるコンサートか舞台かのチケットを五万円で買った。ところが事情で行けなくなった。それを聞いた紫婦人は、思いついて東京にいる友人に声をかけた。するとその友人が三万円で買い取ってくれた、という次第。

「そしたらな、「その方も三万円で買えてよかったね」って言いはるの。それ聞いて、私、何も言えなかったの！

いい人やねんけど、ほんと、いい人やねんけど」

何度目かの「いい人やねんけど」が弱々しく言われ、前の二人は、まあ！　そんな！　とか呆《あき》れ声を上げる。

素直にありがとうとだけ言えばいいのに、というわけだ。しかしなぜその言い方なのか、そう「なってしまった」のかをこの三人は考えようとしていない。反対側から世界を見ようとしないのが僕には不満だった。仮説はこうだ。当該人物は紫婦人の好意をただありがたく受けて、ありがとうと言うだけではいられなかった。なぜか。それでは自分の主体性がなくなってしまうからだ。自分に端を発するこの取引で、東京にいる紫婦人の友人に「得をさせた」という結果の主語として自分を位置づけることで、紫婦人の好意によって打ち倒されるのを免れようとしているのである。

逆に、紫婦人の方は好意によって支配したいのであり、それに抵抗する力を認めまいと怒っているのだ。

——という文章が僕の周りにぞろぞろと浮かび上がり渦巻き始めて、僕はその言葉ひとつひとつの吟味までしているのだが、これは長いからツイートにするのは難しい。

それで豚肉が来たのだが、半分くらいが蠟《ろう》のような白い脂身《あぶらみ》だった。ほとんど脂を食うようなもんじゃないか。しょうがないので残り半分の筋繊維を引き剝《は》がし、そこにも絡まっている粒状の脂肪を手術みたいに取り除きながら食べた。少量だからあっという間だった。デザートを勧められたが頼まずに、寒いのもあってすぐに出た。

ふたたび自転車で行くとその途中で左側に、取り壊し寸前に見える赤錆色《あかさびいろ》のあばら家が並ぶさらに細い路地があって、面白そうなのでそこで曲がろうかと思って、いったん自転車を停めた。外は暑いから長袖ではすぐに汗ばんでしまう。肌を見せて着替えるわけにはいかないか、と思う。いや誰もいなければいいのか、あるいは男なら外で上半身を脱いでも許されるのだろうか。今は誰もいない。建物から見られたとしても問題にされるはずもない。

僕はバックパックを道に下ろし、半袖を取り出してカゴに入れ、意を決し、体操競技のように可能な限りすばやく長袖を脱いで数秒だけ裸になって、着替えた。

路地に入っていくと奥で右に曲がっており、そこにはフェンスで囲われた空き地があった。その周りをぐるりと囲むかたちで道が続いている。草がぼうぼうだが、都市ナントカ公団という札があるので公的なものらしい。買えるのだろうか。ここに家を建てるなら、コンクリートで取り囲み、その内部に庭があって、ガラス張りのリビングから囲まれた庭を見ることができるような家がいい。家の中に庭がほしい。

その夜もいつも通りにバーに行った。僕はL字のカウンターの長い方の端、キッチンの側、その一番端ではなく二番目の席にする。僕が入ってきたのを見て島崎さんがそこへ動くので自然とそこに収まる。

「暑いっすよね」

「いやあ、今年はヤバいみたいですよ」

と、島崎さんが凍らせたおしぼりをペリペリと剝がしながら手渡した。僕は眼鏡を外してそれを顔に押しつける。肌が麻酔されたように冷たい。石膏《せっこう》でデスマスクの型取りをしてるみたいだ。固さがあるその真っ白な領域にはわずかなあいだ顔の起伏が刻み込まれるが、すぐ魔法が解けるように柔らかくなり、ただの湿ったタオルに戻った。

今日は比較的空《す》いていて、まだ早めだからビールを頼んだ。しかし穏やかな時間は続かず、飲み始めて二、三口で急に向こうの客の声がガチャガチャっと湧いた。悪い予感がして、水槽の脇に眼を凝らすと、思った通りだった。苦手な客がドアを開けたところだった。

「うぃっす、井澤さんお疲れ様です」

島崎さんがサッと移動するが、僕は上半身でビールのグラスを囲うようにしてそいつを見ないようにした。肩がこわばってリラックスどころではない。そうしていると、常連客に挨拶《あいさつ》をしたあと、その井澤という男は、

「〇〇サンじゃない、元気？」

と、わざわざそばまで来て、顔を近づけて言う。

「ああ、久しぶり。お疲れ様」

「あれ？　クマができてるよ。どうしたの寝てる？」

「これはいつもだから」

僕は緑内障で、眼圧を下げる目薬が色素沈着を起こすので、たぶんそれで眼の周りが若干暗くなるのだが、言いたくもないし。

「で、どうなの。哲学は？」

「ああ……まあ、最近はちょっと違う仕事もしてるけど」

「眼鏡外した方がカッコいいんじゃない？」

首を傾《かし》げるようにして、僕をしげしげと覗き込んでいる。

「僕もそう思うよ」

よっしゃあ！　と声を張り上げて井澤は手を高く上げた。ハイタッチを促しているのだ。僕はただただ不愉快だったが、棚の上から皿でも取ろうとするみたいにゆっくり手を伸ばして、やつの手のひらを軽く打った。

井澤は単身赴任で東京から来ており、前に名刺を渡されたが営業職のようで、それらしい仕事の愚痴をよく言っているが、何を売っているのかは知らない。島崎さんも大阪の人ではなく確か広島出身で、キタはよそ者が多いから東京的に感じられてラクなのだった。ゴジラは地元の人らしい。

ゴジラは今日はいなくて、井澤はゴジラの席に座ってスロットを始めた。とりあえず解放された。僕はまた眼鏡をかけて、iPhoneを短冊《たんざく》のように持ってツイートする。

常連客に挨拶はするし世間話もするのだが、とはいえ彼らは世間話も、話らしい話はあまりしていないように思える。

こんな寸評でも「いいね」がすぐ釣れるだろう。ネットにちょっと言葉を撒《ま》いて魚が集まってきて楽しいのなら、このiPhoneはあの水槽にほかならない。

——クズみたいな比喩《ひゆ》だ。

何かを見る。すると前を言葉が埋め尽くし、だから何かを見てもその何かは言葉に隔てられて見えなくなる。

だが彼らには壁がないように思えた。彼らの他愛のない話は「言う」というより「する」のであって、その言葉は、意味を味わうべき一皿の料理としてどうぞと差し出されるわけではない。他愛のない話をしていると、そこからごく自然にUNOやダーツが始まる。言葉はここでボールみたいなもので、投げる受けるのリズムが大事で、意味のある言葉は流れを止めてしまうからダメなのだ。

ヘタに口を開けば、異物がこぼれ出てしまうと恐れている。ごろりと。死んだ魚みたいな……と今思った。また比喩だ。クズみたいな比喩だ。口から死体が出てくる。

だがこの店にはもっと生き生きとした時間があるのだ。時間が生きていて、彼らの話す言葉は生きているのだった。彼らは「言葉を話す動物」なのに、僕の方は言葉のシロアリに食い荒らされて朽ちかけた柱だった。だから僕は引け目を感じている。のだが、実はそれは傲慢《ごうまん》なのだ。

島崎さんにはそれが見えている。そう思うと、恥ずかしくて体がさらにこわばってしまう。

僕は結局、一方的に自分から見える世界を安楽椅子でふてぶてしく眺めているだけなのか。あのビストロで三人組が欠席裁判をしているのを批判する資格はない。というか、僕はあのとき、怒りに任せてしゃべり続けていたあのリーダー格、紫婦人を我が身のように思っていた。

僕は一定のペースを乱されるのに弱い。いつも通りに暮らしたい。朝起きてすぐタバコが吸える喫茶店へ行き、午前中は原稿と事務、午後からは大学へ行く日があり、夜にもうひと仕事するかしないか。難しい仕事は朝イチの頭でしかできない。それ以後は、頭にゴミというか澱《おり》が底の方に溜《た》まっていく感じで、思考が鈍っていく。夜にはその溜まったものを酒で押し流すしかない。最後にこのバーに来ると、XYZを飲むことが多かった。

XYZはラムベースの強いカクテルで、ラムはこの店ではバカルディで、それにコアントローを少しとレモンジュース。あるとき胃の調子が悪かったので、それをソーダ割りにしてもらったら、まるでレモンチューハイと同じになった。それが気に入って、ときどき頼むのだが、だったらチューハイの方が簡単なはずで、わざわざ無駄にシェイクしてもらうみたいで申し訳なく思う。客は多少のわがままを言ってもいいはずなのだが、僕は迷惑になりたくないといつも、どこでも、思う。

そして十一時を回った頃、なっちゃんが出勤してくる。薄い色の、この暗さではよく見えないがたぶん薄茶の、バゲットを入れるパン屋の紙袋みたいな上着を着た女性が「おはようございます」と快活に入ってきた。その上着をハンガーにかけると、仕事用の真っ白なブラウスをぴったり身に沿わせていた。きれいな人だなと思った。

「〇〇さん、お疲れですかあ?」

一度キッチンに引っ込み、腰に黒いエプロンを巻きつけてカウンターに現れたなっちゃんが笑顔で僕に言った。まあまあね、といつも通りの答え方をして、僕はその仕事着の姿をいいなと、そして羨ましいとも思った。

なっちゃんは変に媚《こ》びを売るような営業はせず、パリッとしたブラウスの白さにふさわしく毅然《きぜん》としていて、島崎さんの片腕として的確な動きを見せていた。きっと島崎さんのポリシーを学び取っているのだと思うが、ときには島崎さんの方がなっちゃんの清々《すがすが》しさをコピーしているかに見える日もある。店員だけでなくここの常連たちは、何かここの思想のようなものを互いに学び合っていて、ここにいたらそのうち全員が似てくるのではないかとすら思える。

　腰をしっかりとエプロンで締めたその姿はいくらか男性的に思え、パリのカフェのギャルソン風で、またヤクザのサラシのようでもあって、セクシーだった。

それでまたビールに口をつけて、こうツイートした。

　居酒屋の呼び込みで、腰に紺色の前掛けを巻いたやつ、酒屋の紋みたいなのが白抜きになった前掛けの男が繁華街によくいるが、あれはすごくエロい。

2

　翌週の水曜日、僕は教授会に遅刻してしまった。いつもより一本あとの電車になって十五分遅れた。普段は聞いているだけなので問題ないが、今回は修論中間発表会について発言する必要がある。蕎麦屋《そばや》が混んでいて、そこでよく食べる親子丼《どん》が来るのが遅く、食べながらツイートを考えていたので時間感覚が緩んでしまった。

　先週の梅雨入り後は曇りで、降りそうなのに降らないモヤモヤした期間だったが、今日は雨。少し気温が下がった。大降りではないが雨粒がくるぶしに跳ね返るほどに降っていて、ビニール傘を差して出かけていた。

　会計に立つときに後ろのテーブルが目に入ると、もう初老と言えそうなダークグレーのスーツを着た男の向かいに、キャップから金髪が見えているきれいな卵形の顔をした韓国アイドルみたいな青年が一緒にいて、豪華な天ぷら蕎麦を食べており、どういう二人なのかと疑問符が点灯した。親子だとは思えない。おそらくウリ専の同伴だと思いつく。だとしても昼から何をしているのか。これから「プレイ」するのか、事は済んだのか、デートだけなのか。ウリ専遊びの神髄は連れ回すだけだと聞いたことがある。前に堂山の寿司屋《すしや》で、やはりオッサンがシャム猫のような男の子を連れているのを見たこともあった。だが僕だってオッサンだ。まだ今の僕ならハタチを連れ回していてもそう奇妙には見えまいと確信しているのだが、奇妙に見えるに違いないのである。

店を出て傘をバネで一挙に広げると、さっきより強くバラバラと水が打ちつけてくる。深そうな水溜まりを避けて梅田駅へ急ぎ、エスカレーターを歩いて上りながら事務室に電話すると、中間発表の件はあとにしてもらいますから大丈夫です、ゆっくり来はってくださいと、およそ動じない様子だった。議題の順番などどうにでもなるし、変に申し訳なさそうにするからかえって傷が深くなる。人は楽しいから笑うのではない、笑うから楽しいのだというのはたぶんウィリアム・ジェイムズだったが、それに似て、罪というのも罪を犯したから申し訳なく思うのではなく、申し訳なく思うから罪になるのだ。

僕は会議とか書類作成とかクリエイティブでも何でもない業務をそれなりにこなしているつもりで、それがちょっとしたプライドなのだった。そこをキチンとしないと僕みたいな悪目立ちするタイプは陰で何を言われるかわからないぞと怯《おび》えていて、だからキチンとしたいのだが、気が緩んでいた。

小豆色の阪急電車。京都線は昼はガラガラで、進行方向を向いたふかふかの抹茶色のシートに小旅行のように身を沈めることができる。和菓子の色だ。その余裕ある印象がどうも疎《うと》ましい。東京の電車のもっとサッパリした色と比べてしまう。まあJRや地下鉄なら東京と同じようなものだがあまり乗らないし、阪急が関西代表のように感じている。

東京の電車の色は互いを区別しているにすぎない。山手線のアマガエルみたいなグリーン、総武線のレモンイエロー、中央線のオレンジ。それらは記号にすぎず、それ自体に意味はない。ただのラベルだ。コンビニで売っている3Mの付箋《ふせん》の色だ。ハタチの頃の経験にはその付箋が貼《は》られている。

阪急電車のとろとろに煮込まれたあんこの色は意味を、歴史を押しつけてきてウザい。関西とは古き日本であり、古くからの意味の系譜に勘が働かなければ現在もわからない。そんな「一見さんお断り」の疎外感《そがいかん》を強いられる。東京は、現在を生きているだけでよかった――それはもっぱら渋谷新宿といった西側にいたからで、東京も東側にはもっと面倒な歴史があるのだが。

僕にとって大阪がどこも無意味に見えるのは、土地が帯びる意味が濃厚すぎて、異邦人である僕ではアクセスできないからだ。反対に、東京が僕にとって意味に満ちたものと思えるのは、東京はいたるところが無意味に至るまで歴史性を奪われた表面的都市であって、そのツルツルの表面を好きに滑り回って物語をつくることができたからなのだ。

大阪京都の移動は、関西人にとっては文化圏を越える大きな移動なのかもしれない。しかし僕にとっては、関西の東京の北へ行くのだから、埼玉へ通う感覚なのだった。

そこでツイッターを開いた。

同性愛はやはり「倒錯」である。異常と言ってもいい。生物は繁殖を目指すものだとすれば、やはり異常である。「普通」でなくて何が悪いのか。異性愛にしてもいろんなケースがあり、その多様性も倒錯的である。異常な異性愛もある。みんな普通だ、ではない。みんな倒錯だ。

というのが蕎麦屋から投稿したツイートで、すぐさま「いいね」が二十を超え、二回リツイートされた。学者っぽい真面目《まじめ》さとアジテーションを混ぜて一丁上がりである。最初の反応は支持表明が来ている。だが、このくらいでも一部の人を苛立《いらだ》たせることになる。苛立たせてやりたい。

数日前からツイッターで炎上騒ぎが起きていた。自民党の女性議員が、ある週刊誌のインタビューで「LGBTといった人々はやはり普通ではない」と発言し、そのページを撮った画像が拡散されて炎上した。LGBTブームに物申す的な特集で、その中には、同性愛は「変わった趣味嗜好《しこう》」なのであって公的な権利問題にすべきことなのか？　と疑問を呈する寄稿もあった。

これを受けてツイッターでは、

#LGBTは普通

というハッシュタグができて、批判の声が日に日に高まって、その週刊誌を廃刊せよと出版社に迫るデモの呼びかけまで始まっていた。いわゆる「リベラル」だと見なされる作家や大学人――いや、作家や大学人は「リベラル」でなければ作家や大学人だとは見なされないらしい――がこのハッシュタグをつけて抗議するツイートが毎日回ってきた。そこには民主党から代わって長期化している自民党政権への罵りも混じっており、諸々《もろもろ》の不満がこのイシューの周りに結晶化して、今の日本を批判する側か、現状追認する保守か、という二者択一を迫る事態になっていた。

僕もまた、知名度のある書き手として態度表明を期待されていると思った。

数年前、僕はツイッター上でカミングアウトをした。ある夜の勢いで、もう潮時だと思ったのだった。僕はそれまで、ツイッター上でゲイバーの話をするなど、細部によってバレバレ状態にするというスタンスを採っていた。「自分は〜だ」と定義して、そのレッテルで単純化して見られるのは避けたかったのだ。だがそれから世相は変わった。同性愛差別批判がいよいよ一般社会の関心になり、日本でも自治体がパートナーシップ条例をつくり、世界では有名人のカミングアウトが相次ぎ、同性婚の法制化も進み始めた。そうした「社会的包摂」の動きをさらに推し進めるために僕もカムアウトした、のではない。

逆を行くためだ。

この逆というのは屈折した意味で、当事者なのだからLGBTの承認が進むこと自体に反対なわけではない。ただ、世の「空気」には逆らわずにいられないというやむにやまれぬ思いがあった。

今やリベラルで先進的だと見られたければLGBTを支持「しさえすればよい」ような空気、僕はそれに苛立っていた。上京して以来、僕は身近な人と同性愛を話題にする試みを続けてきた。それは実験だった。大丈夫だったときもあれば微妙だったときもある。人々がどう口を濁したかを僕は生々しく覚えている。自民党批判を習性とするような人でもセクシュアリティのこととなれば微妙な態度だった。それがこの五年くらいで手のひらを返したのだ。社会運動の戦略としては、ともかくも味方が増えるのだからよしとすべきなのだろうか。だが僕は、そんな急展開は浅ましいと批判する人間が必要だと思った。だからカムアウトしたのだった。

僕にも今回の件にまさに「普通」に抗議を行うよう期待する向きがあるだろうが、

僕の真の読者であればそう単純ではないことはわかっているはずだ。LGBTは普通？　普通だと思われたがるなんてのは、マジョリティの仲間に入れてくださいというお涙頂戴《ちょうだい》の懇願にほかならない。「我々」は「やつら」とは違うとプライドを持ってきたんじゃないのか。腰抜けが！

大学の自分のポストはいつも満杯で見たくもない。教授会のあとに同じフロアにあるコピー室に寄った。そこに教員個人のポストがあって、郵便物が届いている。

中間発表会についてはこの日、全員合格ということで承認されたが、事前にメールで合意を取ってあるし、よほどの異議がなければ、集まって話し合う「ふり」をする儀式にすぎない。手続き、というもの。段取り、というもの。わざわざ生身で集まって時間をかける。合理主義者からすれば無意味かもしれないが、わざわざ疲れることをするという無意味にこそ人間的意味があるのだ。体をわざと痛めつけ、判断力がもう尽きたときにやっと決定が成立する。拷問《ごうもん》と同じである。必要な情報だけをヒュンヒュンやりとりするだけでは社会は動かない。会議とはホメオパシーのごとく薄められた拷問だ。その意味で、拷問と民主主義はつながっている——などと言いたくなるがそうしたら、これだから「ポモ」(ポストモダン)はダメなのだと罵られるに違いない。社会学者あたりが言うのだ。批判者をわざと苛立たせるためにそんなツイートをしてやりたい。などと言葉がこんこんと湧《わ》いて顔がカッカしてくる。それは性的興奮にも似ている。

くだらない! 言語は醜い!

言語を捨て去りたいのに、言葉がブロック塀になって僕は生身の体がぶつかりあう空間から隔てられている。あの男たちが跳梁《ちょうりょう》する空間から。

言語は存在のクソだ!

東京からどんどん本が届いている。もちろん頼んでもいないからありがた迷惑である。僕のようなネットでそこそこ知られた人物に、まぐれ当たりを期待して球を投げてくるわけだ。ツイッターでコメントするかもしれないから。とても読める量じゃない。開封も追いつかない。

もちろんこれはお互い様で、僕だって本を出せばあちこちに送りつけることになるのだが。

この学科の教員の個人研究室はポストがある建物からかなり離れた建物にあるので郵便物をいちいち運ぶのが大変で本当にうんざりしていた。東京の編集者はその事実を知らない。知ったとしても送るのを控える理由にはならないか。

コピー室には先に同僚の柏木《かしわぎ》先生が来ていて、部屋の真ん中を占める灰色のテーブルでやはり大量の献本を開封しているところだった。

「あら、これ〇〇さんのじゃない？」

と、柏木先生が茶色い封筒を持って僕に向ける。テーブルの端に、厚みのある茶や黄色の封筒が山積みになっている。

「岩波からだって」

「岩波？　柏木さんの方に入ってた？」

「そうみたい」

柏木先生のポストは僕のすぐ上なのだが、見るときれいに空っぽになっていた。真面目なんだなあと思う。

岩波から？　誰か岩波から出したたっけ。すぐには思い浮かばない。この厚みならハードカバーで、岩波なら何か研究書なのだろう。このご時世なら岩波が軽い自己啓発みたいなものを出してもおかしくはないのだが。出版はどこも大変だから、薄利でどんどん出すか、ネットの勢いでデカい一発を狙うかだ。この十年で、ちょっとネットで目立てばすぐ出版の声がかかるようになった。

状況が本格的にそうなる前に、僕はドゥルーズに関する博士論文を元にした書籍でデビューし（なおドゥルーズを「ポモ」の代表格として嫌う者も多い）、それはネットで話題になって、難解な学術書にもかかわらず異例の部数を達成した。何か賞を獲《と》れるかと期待もしたが、無冠に終わった。

出版の声がすぐかかったのはツイッターで知られていたのもあったのだろう。研究者の世界は「沈黙は金」とばかりに大人しくしていた方が得をする、つまりは嫉《しっ》妬《と》を買わないから大学の就職に通りやすい、という空気が強いのだが、僕の前後から徐々に変わってきていた。実際僕はツイッターの人ではあったが就職できたし、というのはラッキーだったのか何なのかわからないが、ともかく僕の世代では、目立つのは必ずしもマイナスではなくプラスになる「ことがある」というくらいの感覚だったのが、次第に、ネットで目立ちさえすればいいという空気があらゆる業界に広がっていった。自分だってネットの力を利用しようとしたわけだが、あの頃はまだ節度があったと思う。

今僕は知名度のある論客になった。だがそれでも「悪目立ち」を恐れているところがある。

それは何の恐れなのか？ 失言でもして大学をクビになるとでも思っているのか？ 政治家みたいに？ その程度でクビになるわけがない。組織はメンバーをまず守るからだ。ネット民はその論理をよく知らない。騒げば総理大臣でもクビにできると思っている。匿名《とくめい》掲示板には僕の名前のスレッドがあり、そこを見ていると、僕のツイートの「言いすぎ」を叩《たた》けば組織が動くとでも思っているらしく、

いいか、ここは盤石な城塞《じょうさい》なのだ。

とでもツイートしたくなるが、これは失言である。

急いではいたが、会議に途中から入る前に、電話を受けてくれた方にお礼を言おうと事務室に寄ったら、胡蝶蘭の立派な鉢植えが応接セットのテーブルにデンと置いてあった。それで尋ねると、昨年出た柏木先生の研究書が賞を獲り、彼女の恩師

がお祝いに贈ってくれたのだそうだ。それは大変めでたい。柏木先生は心から尊敬し信頼している人だから、妬《ねた》むようなマイナスの気持ちはない。ほとんどなかった。が、何か僕は、あとでおめでとうと伝えるとして、それ以上うまく言葉を飾ることはできないかもしれないと思った。

僕がドゥルーズを論じる最初の本『犠牲なしで節約すること』を出したのは就職して二年目で、その後、二〇一〇年代フランスの新しい思想動向を解説する連載を始めたが、なぜか気詰まりになってきて中断し、書籍化するつもりだったが流れてしまった。率直に言って研究がイヤになっていた。学生の教育は若い頃の失敗を埋め合わせるような意義も感じてやりがいがあるのだが、学者らしい真面目さで書き続けることには倦《う》み疲れていた。その一方で僕のツイートは前から注目されていて、ツイート集を出さないかという話もあったが、それは学者の品位としていかがなものかと思って控えていた。そのうちにツイートを元にしたエッセイをあちこちに書くようになり、そのスタイルがむしろ本業みたいになってきた。男性誌のウェブに、あるとんかつ屋の思い出を「哲学的」に綴《つづ》ったエッセイを載せてもらったのが当たって、そこから連鎖的に依頼が増えた。ツイッターでプロレス好きを言っていたらプロレス雑誌からも声がかかった。

柏木先生は学者の名に恥じない、論文らしい論文を着実に書き続けている。だから引け目がある。僕はこれからどうするのか真剣に考えるべきなのに、深く考えないままとりあえず、軽めの書き物とドゥルーズだのに関するものを一緒に並べた「論集」を最近出したところだった。だが「論集」と言っていいかどうか……「雑文集」とは言いたくないし。

晴人と出会った当初は職業をぼかしていたが、そのうちにネットに出たエッセイをひとつ見せたら、読んで面白がってくれた。晴人はそういうタイプの文章で僕を理解している。専門的な話はできないが、とんかつの話ならできる。晴人が読めるものを書く。その方が、学者として信頼されることより、今の僕にはよっぽど大事だった。

だが学者としてのキャリアがどうでもいいわけじゃなく、これが本業だという意識で、今月頭からは「現代思想入門」の執筆に取りかかった。ドゥルーズ、デリダ、フーコーといった往年のフランス思想の代表者を紹介するもの。しかし入門書が本業と言えるかはまた微妙で、もっとガチガチに専門的なものを書くのが本業たる本業のはずで、だからこの企画にしても今の状態でなんとか可能な妥協策なのだった。

アウトラインを作り、書くべきことはわかっている。それで序章を書き始めるには書き始めたが、遅々として進まない。毎日やろうとするが、突風が吹きつけて足が前に出ないかのごとくに筆が止まり、別の仕事をするしかなくなる。

柏木先生から茶色いボール紙の封筒を受け取ると、梅雨の湿気を含んでいるような感じでしっとりと冷たい。なるほどその宛名《あてな》は僕だった。でもすぐ開ける気にはならず、とりあえずポストに押し込めてしまいたいのだが、パンパンに詰まっていて隙間《すきま》がない。ダブルバーガー、トリプルバーガーどころじゃなく肉が積み重なった隙間から、しなびたレタスみたいに大学からのお知らせだの生協の広告だのがはみ出ている。

「どうしようねこれ」

と、崖《がけ》崩れの断層にも思える縞《しま》模様を見ながらポストに話しかけた。ヘタに触ると指を切りそうだ。

「学生を使えばいいのに。でも私、今研究室行くから手伝いましょうか？」

柏木先生のよく通る声が後ろから飛んでくる。

「いやあ、いいよ。まあそのうちどうにか」

僕はひとまず上から十センチほどを引っぱり出し、柏木先生の向かい側へ運んでいった。一番上にあるのは薄い封筒で、たぶん文庫本か新書。その下の白いレタスは、組合がいつものように経営陣の不誠実な対応を批判するビラだった。

学生に雑務を頼むのは僕にとって自然なことではない。最近は何でもハラスメント呼ばわりされかねないし、慎重すぎるほど学生と距離を取っているから。

柏木先生は学生を自分の研究に巻き込んでチームワークで教育を行っている。彼女は大規模な社会調査が専門なので、手伝うことがいろいろある。僕は哲学が専門なので、一人で本を読み、考え、書くだけだ。学生時代からずっとそうで、その僕が教えるのだから担当する学生もそうなる。関わりすぎて依存されるのもよくないと思うし、何か思い込みで敵意を持たれないかという警戒心もあった。冷たいと思われているのかもしれない。柏木先生はこの学科で一番面倒見の良い先生だという評判だった。

「じゃあ、私はお先に」

と、ひっつめ髪のおでこをキラキラさせてその社会学者がバックパックを背負おうとしたとき、僕は慌《あわ》てて言った。

「ああ、胡蝶蘭を見ました、ご受賞おめでとうございます」

危うく忘れるところだった。

「でもあの大きな鉢植え、どうするんですか」

「ありがとう！　事務室で水をやってくれるって」

「ずっと置いておけるのかな。でも持って帰れないよね」

「知ってます？　胡蝶蘭って一本一万って決まってるんですよ。三本だから三万ね。それでお返しをするみたい。

あと、引き取ってリサイクルする業者もあるって」

会釈《えしゃく》をして柏木先生は部屋を出ていった。彼女が消えたあとのクリーム色のドアにあるカレンダーを何も考えられずに見ていて、後ろではスー、スーと高く紙がこすれるような音がして、雨が降り続いているのだとわかった。

ポストをもうちょい片づけよう。さらに十五センチ分の郵便物を取り出して、かろうじて半分までの空白をつくった。

お知らせやビラは全部要らない。本当に重要なことならメールなり電話なりで連絡が来るはずだからだ。献本や贈り物は自宅にも来るが、再配達依頼は一切やめた。頼んでもいないものを受け取るために決まった時間に家にいなければいけないなんてバカらしいにも程がある。家にいるときに届いたものだけが届けばいい。

封筒をひとつずつ開けて、知り合いのものだけをピックアップ。知り合いの新刊でよさそうなものが二冊あり、それだけ持ち帰る。そして残った十数冊を可燃物のゴミ箱に捨てた。上から落とすと紙くずに沈み込み、一冊ごとにドサッと音がした。人を背負い投げしたみたいな。書籍には本当はしかるべき処分方法があるのだろうが、燃やせば燃える。

地下にある西院《さいいん》駅から緑色のサインが点《とも》る準急に乗り、桂《かつら》駅で赤の特急に乗り換える。

桂まではすぐ五分ほど。降りるとホームの縁は油染《あぶらじ》みのように黒く濡《ぬ》れそぼっている。降りてそのまま向かいへ行って待ち、強烈なライトで雨粒を浮き上がらせて滑り込んできた特急に乗り込むと、もわっとする熱気と生臭さに襲われ、弱冷房車に当たったのだと気づいた。ならば準急もそうだったはずだが、人が少なかったからわからなかった。特急は混んでいたが、都内のすし詰めに比べたら全然。関西は平和だ。

すいませんと言いながら人をよけて進み、連結部のドアを引こうとするがやけに重たくて両手で引くと、隣の車両は多少マシに冷えているようなのだが、人間どもの忌々《いまいま》しい臭いはそこでも相変わらずなのだった。

ここから見える範囲を一瞬で、近くから遠くへ、猟師に追い詰められた獲物が逃げ込める茂みを探すみたいにスキャンする。空席はないらしい。我慢するしかない。次か、次の次の高槻《たかつき》市までに空くだろう。膝《ひざ》の上にトートバッグを置いた女性の横に立つことにする。バッグをいじっていると早く降りるというのが僕の経験知だった。

傘はバックパックの横の紐《ひも》に引っかけ、iPhoneをポケットから出してＬＩＮＥを開いた。

週末どうする？ という僕のメッセージには既読のマークが付いていたが、返事はなかった。行きの電車から送ったメッセージだった。

晴人は返事が遅い。というかタイミングが不明で、夜中に返してきたり翌日になったりする。そのことから彼の起きる時間、寝る時間を考えるとおそらく一定じゃなくて、仕事の都合なのかズレたり戻ったりしているらしい。そのタイミングによって、向こうには向こうの生活があるのだと窺《うかが》われるので、それを愛《いと》おしく思って満足している。満足はしていない。不満なのだが、それで満足することにしている。待たない方がいい。待つ意識があるとイライラする。

横の女性がいつの間にか頭を垂れ、長い黒髪に顔がすっかり埋もれている。もしや梅田まで寝て行くつもりだろうか？　僕は理不尽にも腹立たしくなり、この女性に賭《か》けるのはやめて、もっと奥へ進み、今度は反対側の列にして、スーツ姿の太った中年男性のそばに立った。スマホでパズルゲームをやっている様子で、覗《のぞ》き見はよくないが、赤とか黄色とか紫とかの宝石みたいなものが落ちてきたりクルクル回ったりしている。

今度はツイッターを見る。昼のツイートに付いた「いいね」は百を超えていた。リツイートは十件ほど。だいぶ注目されている。自分の名前で検索をかけると、嬉《うれ》しいことに出たばかりの「論集」の感想がある、二つある、でも先のツイートに関するものはないようで、なんだか脱力した。挑発のつもりで投下したエサなのに、何も言われないなら心穏やかでいられていい。バカげている。

ＬＩＮＥの晴人のところに戻る。緑色の吹き出しで右側に表示される僕のメッセージに対し、左側の白い吹き出しで返事が付いて、また僕のメッセージがあって、という何年も続く積み重ねをスクロールしていって、あのクズ肉が詰め込まれた大学のポストを思い出した。献本は頼んだわけじゃない。じゃあ晴人は頼んでもいない近況報告が送られてきて迷惑なのだろうか。いや、そんな悪いふうに想像するのは晴人に失礼じゃないか。迷惑なのなら連絡しなければいいのか？　そうしたら関係はフェイドアウトしていくだろう。結局、僕が不満なだけなのだ。僕が。返事は来るには来てる。期待したような返事がすぐ来ないのが不満なだけ。

僕と晴人の性格にズレがあってそれを楽しむべきで、事実楽しんできたから関係が続いているはずなのだ。

——迷惑なのだろうか？

何か黒いようなあるいは色とりどりのような球が転げ回る感じがする。頭の奥のスクリーンで。ビリヤードの球が弾《はじ》けた。のだが、どの球もポケットに入ることなく、あやとりのようにジグザグの線を描き続ける。

反射的にまたツイッターの水色のアイコンに触れた。

タイムラインを下にたどる。とくに波乱はないようだった。地方国立大学に勤める知り合いが、日本では知られていない、僕も知らなかったマルセル某《なにがし》という昔のフランスの哲学者の翻訳を出したらしい。「フランスにおける現象学の陰の重要人物」で云々《うんぬん》……。本人によるその告知が、新刊情報をよく発信している編集者のアカウントにリツイートされている。岩波からだ。あの岩波がそれだった？　あれは開封しないままポストの残りの山に載せてきたのだった。

書くにはまず読まねばならないが、ある瞬間に、読むことがかえって妨げになる局面に気づく。ただ書くことが、あらゆる条件から逃げ出していく瞬間がある。

などとツイートしてみる。すぐ「いいね」が付く。箴言《しんげん》として上出来じゃないか。新刊チェックなんぞクソくらえ、というのを高級感ある洞察に変換したわけだ。わかるまい。だが実は、勘づくやつがいるかもなという怯えがある。

今度はフェイスブックのメッセンジャーに行って、高校時代の仲間のグループに更新がないか確認する。iPhone を手にすれば、LINEとツイッターとメッセンジャーの三ヶ所を何度もぐるぐる回ることになる。

メッセンジャーの最後の投稿は昼頃で、デンちゃんがドトールで撮ったミラノサンドとアイスコーヒーの写真だった。ちょっと近づきすぎの写真だった。パンが戦艦のように迫ってくる角度で、しかもピントが甘くて全体に白茶けている。その前のメッセージもデンちゃんで、今朝早くに「草刈りするか」とだけ投稿していた。

この高校の仲間内は全員東京の大学に進学した。デンちゃんは経済学部を出てから証券会社に勤めていたが、数年でオプション取引のトレーダーとして独立してそれで一財を成したらしく、一時期は西麻布のタワーマンションに住んでいたが、震災のあとに栃木に戻り、実家の土地を利用して太陽光発電の事業を行っている。その土地は雑木林だったので、全部切り倒して根も引っこ抜いて平らな土地にするのは大変だったようだ。それからは、太陽が出ている限り収入が入り続けている。証券マン時代の人脈から出資を受けて、儲《もう》けの分配もしているらしい。

そういうわけでデンちゃんは三十代にして隠居状態になり、その「発電所」の仕事としては草刈りが最も重要、というかほとんどそれだけで、あとは昔のマンガを読み返したり、猛烈にプログラミングを勉強して監視カメラのシステムをわざわざ自分で作ったりしている。それと高齢の母親の世話。父親は亡《な》くなっており、息子と母二人で不必要に大きな家に住んでいるので、家の手入れも大変なのだがそれも暇つぶしになっているようだ。

他のメンバーは会社勤めだから、昼間にここに書き込むことはあまりない。昼の投稿は今ではデンちゃんか僕だけなのだが、以前はそうじゃなかった。会社でスマホをいじったらそんなにまずいのだろうか。前は投稿があったし、彼ら自身が変わったのだ。以前はまともに近況報告をすると茶化される空気で、下ネタ混じりのダジャレとか、ナンセンスな言葉遊びが頻繁にあったのだが、年齢が上がって責任ある地位に就いて、気づけば話はごく普通になってきていた。

僕らは今年、ちょうど四十歳になる。

ハタチ前後のときに僕らは、この仲間で遊ぶための「自社ビル」を作ろうぜ、などと笑い合っていた。結婚願望が薄い連中で、恋愛の話が出るのも少なく、男の友達同士で老後を支え合う生き方も十分可能だと思っていた。

その将来像、というより「将来像のなさ」に寄りかかっていられる気持ちは、そのうち一人がついに結婚したことで大きく揺さぶられた。同じ大学に進み、ずっと僕の一番近くにいたKが最初に結婚したのだった。

僕の就職が決まる少し前に、メッセンジャーで、グループへの投稿ではなく僕に直接、結婚することになりました、とKから連絡があった。それはべつに寝耳に水ではなく、彼が何人かの女性と付き合ってきたそばにいて、三人でドライブに行ったりしていたから、いつかは誰かと結ばれるのだろうと思っていた。Kに対して性的な欲望はなかった。

それから渋谷のカフェで会った。結婚という肝心の話題について言うべきことは少なく、お祝いを言うには言って、結婚式はしない、もう同居しているといった話を聞いてそれだけで、あとはいつものように近況や音楽や本について語り合った。

そして僕は思い切ってこう伝えた。

「君がいたから、僕は恋愛ができなかったという思いがあるんだ。そう言われても困るだろうけど、僕は君がいれば十分だった。ありがとうと言わせてほしい」

Kは、そうか、とだけ言った。それ以上何か言うのは難しいだろうと僕は思った。

少し口がへの字に見えた。

そのあとにもう一人も結婚したが、その知らせは数ヶ月経《た》ってからの事後報告で、結婚式もなかった。

このメンバーは五人、既婚が二人で独身三人。わずかに独身率が上回った状態で、新たな動きはない。デンちゃんと、もうひとり東京に出てから栃木に戻ったテツは独身。テツは大学院入試に失敗し、実家に戻ってしばらく引きこもり状態だったが、それから地元で職を転々とすることになった。喧嘩《けんか》っ早い性格もあって仕事が長続きしなかったのだが、やっと正規雇用で自動車部品の工場で働いているらしく、週末には釣りに行ったりデンちゃんとつるんだりしている。

そして僕だが、僕には晴人がいる。この二人には、結婚というゴールがない。

柏木先生も京都には住んでおらず、僕と同じく阪急を使っている。京都の大学に通う学者の住まいは広範囲で、本拠地は東京で京都にはワンルームを借りているという話も聞いた。僕が大阪を選んだのは異常でも何でもないのだった。

柏木先生は梅田のひとつ手前、淀川《よどがわ》を渡る手前の十三で乗り換えて、神戸方面へと行くだろう。

右手が六甲山を背にした丘陵地帯になり、左手に狭く瀬戸内海が見えてくるその路線は、夜ではよくわからないが、瀟洒《しょうしゃ》な高級住宅街を通っている。そのあたりの昼の風景は、僕が大学に入って最初に住んだ世田谷線沿線の穏やかで透明感のある時間を思い起こさせるものがあった。でも全然違うのかもしれない。わからない。プチ・ブルジョワの取り澄ました感じが似ているだけかもしれない。

高槻の前の長岡天神で、狙《ねら》いを定めたサラリーマンではなく離れた席の人が降りたので、はしたないことだが、その空白に飛び込むようにして座った。傘を前のシートの背に掛けて目を閉じる。時々の揺れが何かの警告のように頭に響くのをうるさく思いながら、半分眠って梅田に到着する。

十三で神戸線に乗り換えるなら、左手の街並みの隙間に光がポツポツと見えてくるだろう。港の光だ。たぶんそうだった。下水臭い梅田から三十分も行かずにその風景があることに以前感動したはずなのだが記憶は曖昧《あいまい》で、僕の幻想が混じっている。海が見えた。いやほとんど見えなかった。

街並みの中に埋もれ、切れ切れに現れては消えるホチキスの針のような短い線が、傾斜を下った先の海の存在を示している。柏木先生はどこまで行くんだっけ。神戸より手前だったかもしれないし、先だったかもしれない。電車は西へ西へ。埋め立て地から立ち上がるクレーンの骨格は、ルーペで拡大した蚊のように細やかだ。

3

ブーッと振動があって、目覚めた。シーツが鼓膜になって震え、目の前は朝の薄黄色い光だった。晴人かと思った。だがもう一度、あと少し寝ることにした。

起きて換気扇でタバコを吸ってからiPhoneを取ると、緑色の通知が浮かんでいて、それは母からのメールだった。

膝に貼るような絆創膏《ばんそうこう》ほどある緑色の箱に文字が詰まっており、面倒そうだった。昔ながらの携帯メールを使うのは母だけで、母はおしゃべりではメールしてこないから何か用事がある。ＬＩＮＥは教えていない。ＬＩＮＥでつながって、この歳《とし》で母親とベタベタするのは嫌だからだ。

その用件は、もう誰も住んでいない母方の家を処分することになったから、そこにある僕の荷物を整理してほしい、というものだった。

母方は先に祖父が亡くなり、そして二年前、伯父が茨城の方に引き取っていた祖母が入院中に亡くなって、宇都宮駅の「駅東」にあるその家を管理しなければならなくなった。母も掃除に通っており、年に一、二回は伯父が茨城から来て庭の芝刈りをしていた。兄妹《きょうだい》の努力によってその家は、まったく荒れることなく祖父母が元気だった時の姿を留めていた。

僕は三年かけて修士号を取った年にフランス政府の奨学金に合格し、翌年、博士課程の二年目からパリに留学することとなり、そのとき荷物をその家に預けさせてもらった。

母が、三年目をやらせてくれると言った。その学費がどこから出るのかは知らされなかった。母方の家が援助してくれたのかもしれないが、口に出して訊《き》いたことはない。

留学が決まり、荷物を預けたいという話になったとき母は、伯父にお願いするよ

うにと言った。渡仏は九月で、お盆の時期に芝刈りに来ていた伯父にその旨《むね》を告げると、

「じゃあ家賃はいくらかな」

と言われ、反応に困った。伯父としてはブラックジョークのつもりなのだろうが、正直言ってきわめて不愉快だった。僕にしても一族の末裔《まつえい》なのだから、どうせ使っていない家なら多少の荷物を置くくらいの権利は当然だと思う。あの家はみんなの家じゃないのか？

しかし何を置いてたっけ。南向きで陽がよく入るから夏は温室みたいに暑くなる二階の部屋に、世田谷時代からの本棚を置いていた。無印良品の茶色の本棚。あれはもう要らないから粗大ゴミで出せばいい。そこに本はなく、ＣＤがたくさんあったと思う。大学のレポートもあった。それからプラスチックの衣装ケースに服が多少あったはずだ。渋谷で買った古着の革ジャンを覚えている。

要るものはほとんどないはずだ。レポートだけは取っておく。ＣＤは全部捨てる。今ではネット配信で何でも聴ける。服も要らない。思い出があっても着ないものは着ない。

で、いつ行くかなのだが、盆のときで間に合うという。取り壊しの業者も決まっていて、それは九月。

面倒くさい。でも捨てる実作業は僕がやるわけではなく、必要なものだけ引き抜いて、あとは全部捨てていいと伝えるだけだ。だから、捨てられるに任せるわけにはいかないものがあるかを見に行くわけだ。そう思うと、ますます鬱陶《うっとう》しくなった。知らないうちに全部捨てられてしまってもべつによかった。「捨てられるに任せるわけにはいかない」というのは僕にとって大事だからだが、「僕にとって大事」という気持ちを外からでっちあげられたようで不快だった。

あなたには大事なものがある、などと言われるのは屈辱的だ。何が大事かは僕一人で決める。

了解、お盆のときに見に行きます。とでも返事をすればいいが、なんとなく後回しにし、ナイキの紺のウインドブレーカーをはおって自転車で例の喫茶店に行き、今日はホットドッグとアイスコーヒーにした。このホットドッグはケチャップとマスタードに加えて得体の知れない白い精液めいたソースがかかっている。その味はどうもはっきりせず、酸《す》っぱいような甘いような不明瞭《ふめいりょう》なもので、良くも悪くもない。ただ、それが脇《わき》に垂れてきて指につくときがあるから、慎重に持つようにしている。

曇りの日だった。カーテンを開けたのにカーテンを開けた気がしない弱い光の日。今年の梅雨入りは早かったから、早く明けてほしいと思う。夏が好きだと僕はよく言っている。あらゆる生命活動が限界に達する季節、さらには死者までも生き生きと隣に出没するお盆が一番好きだ。生と死が曖昧になるのは性行為にほかならない。イク、というのはフランス語では「小さな死《プティット・モール》」と表現する。異性を求めて蟬《せみ》が死ぬまで鳴く。同性を呼んで鳴く蟬がいればいいのに。

この夏も盆の時期に宇都宮へ行く予定だった。自分の頭の中で言うだけなのに「帰る」と言うのを避けている。安易に「帰る」と言うと、抗《あらが》えない力で体が引っぱられるようで、なんだか怖かったのだ。

夕方から晴人と約束がある。十六時に心斎橋。

晴人はまだ二十代で、僕よりも肌がぴんと張っている。それなりに筋肉がある胸には肉の余りがなくて、良いホテルの枕《まくら》みたいにすべすべしていた。僕は晴人を見て自分から失われたものを考えてしまう。顔は似ていない。その顔には確実に、僕が生きてきたのとは別の歴史があった。だから好きなのだが、その異質さの向こうに僕は、かつての僕の姿を感じるときがある。

僕は晴人の何が好きなんだろうか。

晴人の少し冷たい目が好きだ。あまり表情を変えずにしゃべる。背丈は僕よりちょっと晴人の方が大きい。

晴人はウェブサイトを作る仕事をしている。僕と出会った頃はバイトを掛け持ちし、週末はゲイバーの店子《みせこ》もやっていた。最初に就職した会社の上司と合わなくて辞めたのだと言っていた。それから今の会社に決まった。多少本を読む人で、僕の仕事にも興味を持ってくれているが、最初は互いに素性をよく知らないまま付き合い始めたのだった。

僕らは堂山のゲイクラブで知り合った。

遅くからイベントに行ったので、地下にあるその店はすし詰め状態で階段まで人がはみ出していて、奥まで進むのが難しいから、なんとか入口付近のカウンターまで行って飲んでいて、体が触れそうな距離で偶然そばに立っていた彼に挨拶《あいさつ》することになった。堂山でよく飲むの、とか無難なナンパトークをしたあと、ジントニック一杯しか飲んでいなかったが僕は酔ったふりをし、カウンターの下で彼の腰に手を当ててみた。こんな状況ならそれは賭けというほどでもなく結果はどうでもよかったが、彼は僕の手を握り返してきて、さっそくタクシーで家に連れて行くことになった。

ホットドッグにはごく小さなボウルに入れたレタスのサラダが添えられている。和風ドレッシングなのだが、舌がひりつくような酸味ばかりで美味《おい》しくない。酸っぱい醤油《しょうゆ》だ。溢《あふ》れそうに重なった葉の一番上をフォークでつつくと、意外に厚みがあるから簡単に刺さらず、葉が傾いてテーブルに落ちそうになる。たまにそういうことがあってドレッシングがこぼれる。お手拭《てふ》きで拭けば済むのだが、拭いたお手拭きに染みができるのが忌々しい。その臭《にお》いを嗅《か》いでみるときがある。酸っぱい臭い。

今朝、晴人からのLINEかと思ったわけだがそうじゃなかった。待ち合わせの確認は昨日していた。なので、他にメッセージは必要ないと言えばない。たぶん寝ているのだろう。でも、何か物足りなく思ってしまう。

サラダは食べなくていい。慎重にフォークを刺さなければという意識でウンザリしてしまった。それでタバコに火をつけてツイッターを開くと、通知に「20+」とあるから、相当たくさんの反応が来ている——「同性愛はやはり「倒錯」である。異常と言ってもいい」という昨日のツイートだ。

ベルのかたちをした通知のアイコンに触れると、巻き尺が戻るようにスクロールが起こり、途中に何個か引用リツイートのコメントがあるのがわかる。何か言われている。

人差し指でガラス面を爪弾《つまび》くようにして下へと、過去の方へスクロールしていき、最初の引用リツイートにぶつかった。それは「○○さんは鋭い」という肯定的なコメント。問題なし。さらに下へ行くと、「倒錯の定義がわからない」というのがある。言葉ひとつにツッコむのはよくある批判。だがこの程度ならいい。さらに支持表明的なコメントがいくつか。そして次のコメントが現れた。

逆張りでは社会を変えることはできません

ほほう。こめかみに力が入る。眉《まゆ》が持ち上がったのがわかる。アカウントを確認すると、アイコンは当人の顔らしく、モノクロで、真横を向いた黒縁メガネの男性だった。小野寺真一というのがアカウント名。本名なのだろう。

そのプロフィール欄は雄弁なものだった。東京の私大の法学部准《じゅん》教授で、著作がいくつか挙げられている。一番初めにあるのがたぶん主著。ネオリベラリズムを批判したものらしく、僕と同じく博論ベースの本だと思われる。共著で社会学の教科書も書いている。最近はヘイトスピーチを主題にした新書を出したようだった。社会学者だ。

これだけでもおおよそ納得がいくが、またタバコに火をつけてパソコンを開いた。大きな画面で見たい。身元確認を始める。小野寺真一をGoogleで検索する。マイクを片手に黒板の前に立つ写真が出てくる。なるほどアイコンの人物に違いない。新聞記事でインタビューを受けている写真もある。こちらはもっとアップで、法令線がはっきり見えていた。僕のアイコンも明度を上げて肌をごまかしているが。

ウィキペディアにページがある。僕と同年の生まれだった。大学は関西。学部は法学部で、院から社会学に移っている。留学経験なし。博士号は社会学で、やはりネオリベ批判の本は博論らしい。

ともかく「#LGBTは普通」運動を混ぜっ返す発言が気に入らないような陣営の人間であることは、まあわかる。

……しかし「逆張り」ねえ。

確かに僕は流れに逆らっている。だがそれは当事者の立場からなのだ。カムアウトした上での話だという文脈をわかっているのか？　それにこいつはべつに当事者でも何でもないだろう。「アライ」というやつか。当事者でなくても公共の正義のために声を上げるという動きが広がっている。「連帯」などと言われる。クソ食らえだ。

相手は一応大学人なので、問題が起きるかもしれないから、ひとまずブロックせずに放置。

この検索のあいだに、吸いさしで灰皿に置いていたタバコがそのままミイラみたいに灰に変わっていた。

蛇花火、を思い出した。蛇花火というものがあると小さい頃に母から聞き、そしていつかの夜に「これが蛇花火」と黒っぽい塊を見せてくれて、それを地面に置いて火をつけた。するとその塊は煙を噴き出しながらニョキニョキと伸びていき、S字のカーブを描いたのだった。あの白い大きな家——破産によって失われた、僕が高校まで住んでいたあの家の前で。隣の畑へと向かう細い土の道で。秋の虫がしんしんと鳴いている季節だったろうか。

火はもう消えかけていたが、フィルターの縁がくすぶっているから、僕はアイスコーヒーに刺さるストローの口を親指の腹で押さえ、理科の実験のように茶色の液体を少し採取し、その縁のところに垂らした。そして新たにタバコをくわえて火をつけ、「現代思想入門」のWordファイルを開いた。

序章を書かねばならない。が、どうも勢いがつかず、そのため先日、音声入力で一気に言えるだけのことを文字にしておいたのだった。今目の前にあるのはその、誤認識だらけで言い淀《よど》みがそのままの、切れ目なく画面を埋め尽くす文字の羅列である。

えーと出るルーズについて考えてみたいわけなんですがそれはそこのとこのク

ラスのテストについてbluesの思考ではへーと普通は矛盾しないことが重要で
重要なわけですが必ずしも矛盾にならない関係を考えることが重要です

そのA4一杯のうじゃうじゃの前で目が泳ぎ、手は動かなかった。動かそうとしては躊躇《ちゅうちょ》した。言葉の壁に閉じ込められていた。言葉が光も空気も遮っていた。いや壁に囲まれるというより、古代の奴隷《どれい》のように壁の中に埋めこまれていた。あの小野寺に言い返すべきか、どう言い返してやろうかとシミュレーションが始まり、やつを慇懃《いんぎん》に侮蔑《ぶべつ》する文がどんどん生成されてとぐろを巻いている。

僕は何をしたいんだ。

という焦燥というか宛先のない怒りのようなもの。小野寺も着実に本を書いている。しかるべく仕事をしている。しかるべき仕事。をするべきなのだが僕の手は動いてくれない。

こんなときは事務仕事をすべきだ。それでWordのウィンドウを右側に寄せ、ブラウザからGmailを開いた。

太字で表示される新着メールが一件。柏木先生だった。

何か学生のトラブルでもあったのか？ と一瞬緊張し、ひと呼吸置いてからクリックした。するとそれは、「来月東京で行われる授賞式に、もしよかったら招待させてもらえませんか」というお誘いのメールだった。

なんだそんなことか。

Googleカレンダーを見ると、授賞式の日はちょうど東京行きで、代官山の書店で「論集」刊行記念の僕のトークとサイン会がある日だった。そのあとで行けるだろうか。まあ行けるには行けるな。

僕のトークは夕方からで、授賞式本体には重なってしまうが、パーティーからは合流できる。という見通しを柏木先生に伝えた。わざわざそのために東京へ行くのなら辞退も十分ありうるし失礼でもないと思うが、その日は東京にいるわけで、それでせっかくのご招待ならばちょっとくらい顔を出さないわけにはいくまい。柏木先生をお祝いしたい気持ちは素直にある。それにホテルでシャンパンで乾杯したらべつに自分のことでなくても楽しいはずで、とにかく何でもいいから楽しげな場で気晴らしをしたいと思った。

御堂筋《みどうすじ》は一方通行で、キタからミナミにしか行けない。

引っ越してきて、大阪一のメインストリートが一方通行だと知って愕然《がくぜん》とした。なんと面倒な！　キタに戻るには西にある四つ橋筋を使うが、それも逆の一方通行。大阪駅周辺も道を渡りにくい設計で、気まぐれに好きな方に行けないから腹立たしい。大阪は、行き先が無理強いされる迷路だった。

一面の雲がかすかな模様を描いている空の下、タクシーは御堂筋を飛ぶように下っていく。運転手はこけしを思わせる球形の頭で白髪を短く刈り込んでおり、年寄りなのに飛ばすから、あの世まで行ってしまいそうだ。一方通行なら戻ってこれない。中之島を越えると、中東の遺跡みたいな高級ブランドのファサードが立ち並び始める。ここは大阪の銀座に当たるのだろうか。そのそばのアメリカ村は渋谷で、三角公園のあたりはセンター街を思わせる。

午前中は結局原稿には手をつけられず、溜《た》まっていたメールの処理で終わった。それから蕎麦屋《そばや》でいつも通りに親子丼《どん》を食べた。ほおずきくらい濃いオレンジ色の卵黄を崩してご飯に絡《から》めると、箸《はし》が重たくて粘土をこねているみたい。

食べたあとは昼寝が習慣になっている。「もう一度朝をつくる」つもりで昼寝するというのを外山滋比古《とやましげひこ》がベストセラーの『思考の整理学』で言っていたが、昼寝してもどうも朝の明晰《めいせき》さは戻らず、原稿を続けるのは難しいのだった。午後からはメールを返したりするのだが、今日は午前からメール仕事しかできていない。ツイッターなんか見るからだ。朝イチは何もかも遮断して原稿に向かうべきなのだ。で、昼寝後にコンタクトレンズをつけ、またツイッターを見たりぼやぼやしていたら、出かける時間になっていた。

晴人は先に着いていた。心斎橋OPA《オーパ》の前で待ち合わせてから、そのあたりの店で服を見ることにした。

僕が服を見る視線を晴人は後ろからなぞっている様子で、これいいね、と僕が言えば、そうだね、と涼しい声で相づちを打つのだけど、そこにちゃんと自分自身の判断があるのかわからない。僕は高そうな黒い革ジャンを取って「いいね」と言うと、晴人は「いいよね」と言った。それで振り返ると、晴人は切れ長の目をさらに細めて、僕が掲げた腕から巨大なコウモリみたいにぶら下がった革ジャンを眺めている。

晴人がどんな服を好きなのか、僕は本当には知らない。だが人の好みを本当に知ることなどありえないと思う。だからべつにいいのだが、でも晴人の好きなものを本当に知りたいという気持ちにも偽りはない。

その革ジャンは二十万もしたのでちょっと見ただけで、高いねえと言って戻した。べつに今日買いたいものがあるわけじゃない。革ジャンの隣には同じブランドのグレーの長袖《ながそで》Tシャツがある。タグを引き出して見ると二万五千円だった。まあそのくらいか、と後ろを向くと晴人がいない。レジの近くの別のラックのところに移動している。僕はすぐそこへ追いかけて行き、後ろから晴人の視線に重なろうとする。何かの地形みたいに抽象的な曲線がプリントされた白い半袖のTシャツを見ている。僕が「いいね」と言うと、そのこだまのように晴人は「いいよね」と言った。

「それ買おっか」

すると晴人は目をパッと丸くし、いいの？　と言う。似合うと思うよと答える。モノで釣るのはよくないなという迷いもあったが、でもそういうわけじゃない。似合うものをプレゼントしたい気持ちには何の偽りもないから。

僕らは二人とも喫煙者なので飲みに行ける場所が限られる。外に出て吸うのでもしょうがないにせよ、せっかくのデートなら気兼ねなくスパスパやりたいものだ。

だからいくつか馴染（なじ）みの喫煙できる店に行くことが多いのだが、今日はこの界隈（かいわい）で探してみる。禁煙の店がやはり多かった。結局、アメ村の喧噪《けんそう》を抜けて四つ橋筋に近づき、暗く静かになったエリアに喫煙できるメキシコ料理屋を見つけた。

ハイネケンの生で乾杯する。つまみ、というか関西弁ではアテ——という言い方には慣れないのだが——にセビーチェというマリネ的なものを頼む。エビ、タコ、ムール貝などが甘酸っぱく辛いトマトソースに漬けてある。晴人は魚介類が好きで、僕もそうで、飲むときは刺身が多いからここでもまず魚介にする。ライムを搾《しぼ》って取り分けようとすると、その前に晴人は、ピンクの牛柄のカバーを着けたiPhoneで料理の写真を撮った。それで僕はすぐiPhoneを手にしている晴人を撮ろうとしたが、横を向いて嫌がった。だからその横向きの姿を撮ると、晴人は笑った。

乾杯のあとで、出版されたばかりの「論集」を渡した。すごい！　おめでとう、と言って晴人はパラパラめくり、これ読んだことあるね、とタイトルのひとつを指差した。

大学は平常運転だけど、新しい原稿はいまいち乗らないんだ、と打ち明ける。晴人はビールをすぐ半分飲んでしまって、ちょっと休んだら？　と言った。

休んだらなんて、誰にでも何にでも言えるよなと拗《す》ねた気持ちもあるのだが、晴人は一応僕を思いやってくれている。原稿を休む？　それだけじゃないのだろう。もっと大きく僕の全体に及ぶ意味で休むということを、晴人はその一言だけで言おうとしている――いや、晴人は誰にでも言えることを言っただけで、それでいいじゃないか？

僕は血糊《ちのり》のような赤いソースからエビをフォークで引き揚げ、ふと気になって、

「このエビ、冷凍なのかな」

と言った。冷凍ならもっと表面がボソボソと毛羽立っている気がするが、つるっとしていて、でもそのつるっとしているのが嘘《うそ》っぽいとも思った。オレンジ色の縞々が人工着色に思えるほど鮮やかで、丸まったそのかたちは一ヶ所だけ開いた視力検査の輪っかのようだった。

「ちゃんと茹《ゆ》でてるっぽいよ」

と、晴人は首を傾《かし》げながらしげしげと見て、そしてグラスの白ワインを注文した。僕もそれに続き、ついでにワカモレを追加した。アボカドはカロリーが高い。でもこれはタマネギらしきものが入っていて、かさ増しなのかと思ったが、ならその分

カロリーは低いだろうからむしろそれでいい。

晴人の方は、担当しているウェブサイトの話。交通事故の案件を得意とする弁護士事務所のウェブサイトで、その事例の解説をフリーライターに依頼しているのだが、弁護士さんも忙しくて資料をなかなか送ってくれないし、それでライターさんのスケジュールが合わなくなって再度調整が必要で……などなど。淀みなく語られるその話は、すでに何度も話して完成された落語のようだった。合いの手を入れながら聞いていても、話の流れは僕の存在に関係なく決まったルートで進み、さらには晴人の存在にすら関係なく、ただ自動的に終点へと向かっていくみたいだった。

最後にタコスを食べて、それで炭水化物はＯＫ、食べすぎないくらいで会計した。御堂筋とは逆にキタへの一方通行の四つ橋筋に出てタクシーを拾った。

晴人を奥に乗せて、いい店だったね、タコスもいいね、くらいの短い言葉を交わしたら、あとは何も言わなかった。助手席越しに後ろへ流れ去っていく金色の光の中を僕は一人きりで突き進んでいた。確実に前に進んでいる、歳を取っている。のに、僕はずっと止まっている。すべてが光の束になって過去の方へ突進していく。それは僕が否応《いやおう》なく未来へと運ばれていくことなのに、僕は杭《くい》になって立ち尽くしており、そして前から襲いかかる圧で押し倒され、弾丸となって過去へ飛び去ってしまいそうだった。晴人もただ前を見ているようだった。

僕たちは二つの平行線なのかもしれない。そうだとしても、二つの線が隣り合っているのは確かなのだ。


そして僕の部屋に連れてきて、晴人はソファの脇にバックパックを下ろし、僕のデスクにiPhoneを置いた。

「これ前にあったたっけ」

と言うので見ると、それはプロレスラーが逞《たくま》しい上半身を露《あら》わにした卓上カレンダーだった。

「これね、ちょっと晴人に似てる気がする。君島勇次ね」

「ああ、似てるって言われたことあるよ」

「ほんと？　でもプロレスって興味あったっけ」

「俺はそんなにだけど、父親が好きで観《み》に行ったよ」

あ、そうなの。と答えてそのやりとりは終わるが、君島というレスラーは最近活躍しているけれどメジャーな団体ではないので、似てると言われるなんて本当にそんな話があったのか怪しいし、それで連鎖的に、実は晴人はしょっちゅう出任せを言ってるんじゃないか、僕が彼について聞いたことの何割が本当なのか、と心配のボヤが焦《こ》げ臭くなってくるのだが、気にしないことにする。酔った勢いで言ってしまっただけかもしれず、そうなら罪はないか。いやでも、僕なら、どんなに酔っても事実の作り話は絶対しない。

二つのグラスに氷を入れてバーボンを注ぎ、ソファに並んで座って乾杯する。食事に行ってから二人で部屋にいるという状況で、これから体を重ねることは暗黙の了解で、年上だからなのか僕が誘いかけて事が始まる。晴人の太腿《ふともも》に手を這《は》わせ、そうすると晴人は僕の髪を撫《な》で始める。そしてベッドに移動する。

僕らはどちらがタチともウケともつかない関係だった。晴人は料理好きだったりファンシーな小物を持っていたり女性的な面があるが、ある種のぶっきらぼうさは僕より男っぽく、僕は外面的な女性性は薄いと思うが、良くない言葉で言えば「女々しい」性格だと思っている。僕らは互いの性にどこまで踏み込んでいいのか探りながら、体を舐《な》め合いフェラチオをして、最後は手でイカせる。いわゆるバニラ・セックスで、長い付き合いなのに挿入は二度しかしたことがない。男同士の挿入は手間がかかるし、後始末も面倒だから、酔いと疲れで気持ちが負けてしまう。

僕は本来はウケだが、加齢と共に年下相手ならタチをやるようになった。本来の欲望とは逆に、このピチピチに張った尻《しり》の筋肉にぶち込んでザーメンを何度も吐き出したいと荒々しく欲望がもたげるのはやはり僕もオスだからなのだろう。だが晴人の責めは積極的で、晴人もやはり立派にオスであって、普段の僕は年上らしくしているつもりなのにウケの本性が出て身を任せてしまう。

片方が上にかぶさり、吸いつき、噛《か》みついているうちに下から民衆の蜂起《ほうき》が起きて、ハンバーグを焼くようにひっくり返して役割が交代。それはプロレスごっこで、そう思うと挿入より興奮する。生殖を真似《まね》る普通のセックスより、不意に射精にまで至るプロレスごっこの方がずっといやらしい。

僕たちの行為は、右も左も地面に着かず揺れ続けるシーソーだった。晴人は僕の胸筋を摑《つか》んで乳首を強く噛み、痛がって身をよじるのを喜ぶ。仕返しに僕がのしかかって晴人のロースハムみたいに明るいピンク色の乳首を噛むと、目を固くつむって声を上げる。そして腕を上げさせて押さえつけ、胸筋の周りをなぞり腋《わき》の下へと舐め上げていって、そのガス臭い窪《くぼ》みに顔をうずめてむしゃぶりながらカチンコチンのペニス同士を押しつけ合う。

この日も晴人は終電に間に合うよう帰った。

それが今では習慣なので、むしろ僕の方から、時間大丈夫？　と訊いた。晴人が帰ってから僕はシャワーを浴び、それから寝酒を飲みにいつものバーに出かけた。

店は混雑していた。テーブルに常連ではないスーツ姿のグループ客がいて、この店のやり方でテキーラを賭けてダーツをしている。島崎さんは常連とＵＮＯの勝負中。いっとき過剰にいたグッピーは先週末に引き取られて通常の数に戻っており、そうなると逆に物足りない気もしてくる。

キッチン寄りの方でなっちゃんが手を振っている。その前が僕の定位置だからそこに自然と座り、何になさいますかと言われて少し考え、暑いからカンパリソーダ、と頼んだ。

おしぼりをもらい、何も考えずにツイッターを見る。

柏木先生の受賞を伝える出版社のツイートがまず出てきて、それは僕の学科の公式アカウントがリツイートしたものだった。そこにあるリンクの文字列に触れると、賞のウェブサイトが開いた。太い明朝体《みんちょうたい》で厳《いか》めしく柏木啓子という名と書名が掲げられている。そこから下にスクロールすると、本の紹介文が数行あって、その下で、僕の人差し指は跳ね上がったまま止まった。

小野寺真一という名がある。

目薬みたいな赤い酒が入った背の高いグラスが前のコースターの上にそっと置かれ、僕は慌《あわ》てて顔を上げて、なっちゃんにありがとうと言った。

この賞には、柏木先生が受賞した本賞に加えて奨励賞があるのを知った。小野寺のヘイトスピーチに関する新書が奨励賞に選ばれていたのだった。カンパリを飲む。綿菓子みたいに甘い。かつ、魚のはらわたみたいに苦みがある。

ということは、授賞式で会うかもしれない。パーティーにはいるはずだ。パーティー後には関係者だけの二次会もあるだろうから、それだけ行くなら確実に会わないで済むが、僕のイベントの時間ではパーティーに間に合うし、どうすべきか。まあいいか、話す必要はないし。

「もう飲まれてるんですか？」

そのなっちゃんのあっけらかんとした声が急に脳天を突き破るように聞こえ、答えに窮した。もう飲んだ。ああそう、飲んでいた……。なんだかそれは遠い日の記憶にすら思えた。晴人とのセックスのあいだにアルコールはあらかた分解されたようだった。

「心斎橋でデートだったのよ」

気を取り直し、僕は改まった感じで言った。

「そうなんですか?! いいなあ。どうでした?」

「買い物して、飲みに行って……

前は泊まってったんだけど、最近は帰っちゃうんだよね」

「彼氏さん、長いんですよね」

そのとき島崎さんが「なーっちゃん！」と呼び、すいません、と彼女は真横を向いて飛んで行った。UNO担当の交替らしい。僕はぶすくれた気持ちになったが、でも解放されてよかったのかもしれない。僕はまた一人きりになって、今度はフェイスブックのメッセンジャーを開いた。

盆に帰省したときに母方の家を整理する、という件を先日投稿したのだが、じゃあ会おうぜ、デンちゃんとこ行こうぜとテツからの提案があった。デンちゃんも来いよと言っている。僕は発電所をまだ見ていなくて、いつか行きたかったからそうすることにした。

デンちゃんの家はかつて僕が住んでいた場所から遠く、家を行き来する関係ではなかった。高校の卒業式のあと、仲間内で一番広いお屋敷だということで皆で集まったときに初めて行った。すき焼きをしてビールを飲んだ。本格的にビールを飲んだのはそれが初めての経験だった。酔っ払って高揚し、そしてぼーっとする大人の快楽をそのときに知った。翌日は頭が痛くなった。午前三時くらいにその一人が大学生の兄に車で迎えに来てもらい、僕も乗せてもらったのだが、何もない田舎の闇《やみ》をひた走る帰り道で、ひとつ赤信号をすっ飛ばしたのを覚えている。その兄も酒を飲んでいたようだ。

八月十四日にデンちゃんとテツに会うことに決まった。なら、十三か十二に帰省して、先に家の荷物を見ておこう。

向こうでテキーラを飲まされたらしいうめき声がして、なっちゃんが戻ってきた。なっちゃんが勝利。

「まだ言ってなかったかもしれないんですが、私、今度地元に帰るんです」

「え？」

それは初耳だった。

「和歌山なんですけど。大阪は十分楽しんだし、しばらく実家の手伝いをして、それで結婚も考えなきゃなあって」

「えー、でも結婚とかべつにいいみたいに言ってなかった？」

「あはは、そうだったかもですね」

この店に来たばかりの頃、最初になっちゃんにカミングアウトをして、お互いにタイプの男の話をしたことがある。それは島崎さんにも伝わって、常連も知るところとなり、ここで僕はセクシュアリティをほぼオープンにできている。

男同士は結婚できないし、まあテキトーに遊んでるんだけど、みたいに言うとそれに乗っかるようにして、周りが結婚結婚言ってもそれぞれ自由でいいですよね、といった個人主義的な意見をなっちゃんは言った。確かに言った。僕は覚えている。

だがあれも話を合わせてくれただけだったのか。いや、若かったなっちゃん――今でも若いが──は、そのときは未熟でそう思っていたのだが、やはり普通の感覚に落ち着いていったのか。高校の友人だって同じだ。

「地元に同級生とか誰かいたりするの？」

「全然！　これから探します」

氷が溶けて色があるだけの砂糖水になったカンパリソーダを飲み切るか、何かバーボンでも頼むか考えながら、僕はなっちゃんの凛々《りり》しい姿に性欲を感じていた。

この張り詰めた肉の塊をめちゃくちゃに犯したい。それは晴人に対してもそうだ。今僕のペニスに向かって、国会を取り巻くデモのように血が集まっている。だがむしろ、ごく当たり前にメスを前にして勃起《ぼっき》する猛々《たけだけ》しい男に僕がただの肉塊としてめちゃくちゃにされたいのだ。そういう男にそうされたい女性がたくさんいると僕は確信している、フェミニストがどう言おうとも。僕はオスの本能にただ忠実に生きる男に何度も貫かれ発射され昇天し痙攣《けいれん》する女になりたい。太古から変わらない挿入本能が、なっちゃんに向かうと同時に僕自身へ還流する。

僕は尻を摑まれて奥底に熱い精液を注ぎ込まれる。僕は産む。エイリアンを産むだろう。「お前は俺の女だ」と涎《よだれ》を垂らし骨をへし折らんばかりに抱く男のその単純極まりない生命の方へ果てしなく戻っていきたい。

僕と晴人は行為のあと、換気扇の下でタバコを吸った。僕はマルボロブラックメンソールを吸い、晴人は、銘柄は忘れたが細い薄緑色のタバコだった。ちょっとばつが悪い感じで隣り合っているこの時間には確かに「隣り合っている」という充実感がある。のだが、僕は自分が射精のあとに女と隣り合って静かな時間を共にしている場面は想像できない。ましてや、男が能動の側として「かわいい女」を庇護《ひご》するような気持ちはまったく理解できなかった。

男二人で朝起きて、一緒に目玉焼きを食べているシーンを思い描く。なっちゃんとそういう二人の時間を過ごす絵は浮かんでこない。彼女とセックスすることはできるかもしれない。だがそのあとは、おそらく無だ。

4

誰かに起こされたように目覚め、瞼《まぶた》が開くやいなや広がったその明るさが、ゆわん、と柔らかくなった。僕にかぶさる布団《ふとん》の白、そしてこの部屋の壁の白が豆腐をつついたようにふんわりと歪《ゆが》んで、その感覚の途中でこれはもしや揺れているのか、地震か？　と慄然《りつぜん》とする。だとしたら相当大きな揺れだ。今飛び出すわけにはいかない。布団をかぶって、めまいと区別できないようなこの出来事が早く過ぎろと念じている。iPhoneからけたたましく警報が鳴った。

そして揺れは収まり、このマンションはどうやら大丈夫だったとわかる。大丈夫じゃなかったら「大丈夫じゃなかった」などと思うことすらできないわけで、とゾッとして、おそるおそる起きて部屋を見ると、本が数冊落ちているだけ。

すぐ外に出てみた。人が数人出ていて電話している。道路にひびは入っていない。

こういうときこそツイッターの出番で、タイムラインには「揺れた」、「やばい」といったリアルタイムの反応が続き、情報が飛び交い始める。大阪市より北の方で大きな被害が出ているらしい。

晴人にLINEで「地震やばいね　こっちは大丈夫だったよ　晴人は大丈夫？」と送る。直後に母親から電話。うちは問題ないけど、でも電車は止まるだろうと伝える。とりあえずタバコ。そのうちにブーッと振動があって、晴人から「大きかったけど大丈夫　気をつけてね」と返事が来た。

電車は止まったが、この日、六月十八日はちょうど大学の仕事はない日だった。めったにつけないテレビをつけてニュースを見て北部の高槻あたりが中心だというのを確認し、余震の前にと思ってコンビニに買い物に行く。すでに水は売り切れ寸前、危うく一本は確保したが他に菓子パンを買ったくらいで、それ以上備えを考えるのも面倒で、この事態に僕はそれほど緊張感を持てないのだった。それで自転車に乗り、モーニングを食べにいつもの喫茶店へ行った。

阪神淡路大震災のときに僕は高校生で栃木にいて、その惨状はテレビで見ただけだった。３１１のときは東京での院生時代だったが、その日は偶然にも日本にいなかった。

あの年の三月十日、僕は台北の美術大学で行われるシンポジウムに参加するため台湾入りした。翌十一日は午後に日本のネット文化に関して英語で発表し、夕方から川べりにあるアメリカ風のバーで打ち上げをした。そこへ行く途中のバスで、隣の学生から何か黄緑の実を差し出され、元気になるよ、と片言の日本語で言われた。パックマンみたいに切り口があって、クリーム状のものが挟まっている。これは何？　と周りを見ると皆ニヤニヤしており、同行していた日本人研究者が、まあやめといても、と言うので怪しいものなのかもしれないが、せっかくなのでもらって、バスを降りてから嚙んでみた。甘苦い。変な味。そしてのぼせたような感じがしてきたが、そう強いものではないらしくて安心した。ビンロウというらしい。唾液《だえき》は飲まないで吐けと言われる。吐くと喀血《かっけつ》したように赤かった。

そのあとビールを飲んだがどうも味がしない。味覚異常が起きるようで、炭酸がピリピリするが、近視でものがぼやけるように味の捉《とら》えどころがない。この状態があまり続いたら困るなと心配していたらそのとき、壁に掛けられたテレビに、ひとつの都市が右から事務机みたいな鼠色《ねずみいろ》にゆっくりと完全に塗り潰《つぶ》されていき、その先端で次々に火の手が上がる様子が映し出された。気仙沼というテロップが出ている。これが気仙沼だというのか？　皆が動きを止めた。これはやばいですね、やばいどころじゃない、と日本人同士で言い合った。実家に電話しなければならない。だが今は味のしないビールを飲むしかない。

日が落ちて真っ暗になった川に向かうテラスで、誰かが中国語の歌を歌い始めた。それは We Are The World みたいな、しんみりと始まり大仰になっていく曲で、わざと感動を誘う感じに僕は当惑した。世界の終わりみたいだ。いやこの映像が本当なら日本はある意味で終わるのだと認めざるをえないのか？　一人二人と和する声が増え、そして口の動きを僕ら日本人に見せて一緒に歌うよう促された。台湾でＳＡＲＳが流行した際に作られた応援歌なのだという。「手牽手《ショウチエンショウ》」(手をつないで)というタイトルで、スマホでYouTubeを開き、台湾の歌手たちが一節ずつ交替で歌う映像を見せてくれた。

世界はいくらか灰色に見えるかもしれない　君は疲れているようだ　でもいつか空は明るくなってくるだろう

そんなふうに始まる歌詞なのだと英語で教えてくれた。

数日後、帰国して自分の部屋に戻っても、本が数冊落ちてはいたが劇的な変化はなかった。東京の少なくとも僕が住んでいたあたりは致命的な被害はなかった。気仙沼のような極限状態は映像で見るだけの他人事《ひとごと》で、それは阪神淡路や911テロと同じだった。

311でツイッターは変わった。災害情報の共有に活用されて社会的意義が急激に上がった。さらにそれ以後は、原発問題をきっかけとして国を左右に二分する諍《いさか》いが増えていく。政治的目的で新規参入したユーザーに僕はうんざりしているのだが、スマホの普及でネット人口が増えて世間のアホが発言権を得たのがそもそもの問題で、二〇一〇年代後半にネットはどんどん荒れていった。荒れていったというのは、本格的に民主的になったということだ。そしてアメリカ大統領までもがツイッターで対立を煽《あお》る時代になる。

僕は311の以前以後という感覚が乏しい。今回の地震はそのことに意識を向けさせた。冷却水が止まってメルトダウンして今でも超高温で地下に溜まっている核燃料がこれからどうなるのかもわからない。だがあれは東日本の出来事で、幸か不幸か僕は関西に拉致《らち》されてきたのだからと、それ「以後」の時間をずっと濁したままにしている。

その大阪北部地震のあと、さらに災害が起きた。

六月末に発生して東シナ海に進んだ台風7号の影響で、七月初めに梅雨前線が西日本に停滞し、ひどく雨が降り続いた。当初、この雨がそれほどの一大事になるとは思わなかった。ただの雨と言えばただの雨で、ただ水が大量に降り注ぎ、やがて大地が耐えられる限界が来た。水を溜め込んでおけなくなり、河川が氾濫《はんらん》し、斜面は湿りに湿って崩落した。岡山県のある地域が一面田んぼのように泥水に浸《つ》かっている映像を見た。大雨特別警報が西日本各地に出て、その数はこれまでで最多だという。大阪の僕が住む地域は大丈夫だったが、ちょうど神戸でフランス哲学の学会があり、中止になるのかどうか連絡を前日まで待っていた。

その日、雨は続いていたが弱まっており、学会は決行となった。キャンパスは高級住宅地の高台にある。タクシーに乗って、排水溝から溢れた水が絶え間なく坂を転げてくるのを蹴散《けち》らして上っていく。べつに聞きたい研究発表があるわけでもなく、理事を頼まれているので理事会に出るだけ出なければならないのだった。哲学書をしち面倒くさく読み解いてみせることに今の僕の心は躍らない。今の僕は言語から逃げたかった。読むのも書くのも好きなのに。

この夏は天も地もおかしい。だが僕にはずっと前から言語の雨が降り続けているし、足元の方も流れ続ける文字列にさらわれ始め、空間はぐわんぐわんと揺れながら際限なくテキストになりその中で、僕の体はいよいよ見えなくなる。

理事会はとくに問題なし。午後の研究発表を聞くべきなのだが、僕は知り合いを誘って外に出て、瀬戸内海へと降りていく街並みを一望できる広場で傘を差してタバコを吸った。海の上の薄暗い空を指でかき混ぜるように、ぼんやりと輝く乳色の流れが何重にも絡まって通り過ぎていく。あちこちの排水溝から濁った水が温泉みたいに噴き出していて、ここの地面もいっぱいいっぱいなのだ。雨は確かに弱まったが、弱まったからこそ、このままこの程度でこの雨は永遠に降り続けるんじゃないかと思った。

その大雨を最後に、梅雨が明けた。そして七月の半ばには連日三十五度を超える暑さになった。

夏の旅行はどうする？　と晴人にＬＩＮＥで送ったら、今年は厳しいかなー、とピンポン球が跳ね返るように即返事が来た。なぜこういう返事は早いのかと気落ちするが、晴人とリアルタイムでつながっただけでもちょっと嬉《うれ》しかった。実際、今年はダメかもしれない気がしていた。

仕事の都合だという。少しは休めないの？　とダメ押しをするにはした。ごめんね、落ち着いたらどっか行こう、と言うから、それ以上無理は言えなかった。夏に必ず海に行くのは僕の子供の頃からの習慣だった。それは僕の家族の習慣で、それに晴人を巻き込んでいるという疚《やま》しさがあって、だからいつか呆《あき》れられる気がしていた。

付き合って最初の夏から、決まって沖縄に行っていた。旅費は晴人からは気持ち程度だけもらう。その間に僕の収入は順調に上がっていき、年々ホテルは立派になっていった。昨年は石垣島で、ゴルフ場もある広大なリゾートに泊まった。だがその恒例の旅行は、本当に二人のものだったのかと疑いがもたげてくる。

晴人は僕に冷めてきているのだろうか？

代官山でのトークの日、柏木先生の授賞式の日は七月の半ば、梅雨が明けて例年以上の猛暑が続くさなかだった。

早い新幹線に乗ったので、書店のそばにある、テラス席がずらりと並んだパリっぽいカフェで軽食。クリームチーズと生ハムを挟んだパニーニ。代官山のこの小《こ》洒落《じゃれ》た感じ、建物も人も線が細く、針金の斜線がデリケートに組み合わさっているような感じが懐《なつ》かしい。大阪の街はもっと太くてどっしりしている。東京は坂が多いから空間が複雑だ。大阪は平らなので、自転車はラクなのだがどうも緊張感に欠ける。東京の緊張感が好きだったのだ。ツイートする。

東京はすべての神経がピリピリしていて、ちょっとでも触れると痛むような街だ。どこもかしこもがイライラしていて、だから東京はカッコいい。この感じを関西の言葉なら「シュッとしている」と言うのだと思う。

トークは無事に終わり、サイン会をして十八時半。授賞式もそろそろ終わるはずで、十九時からパーティーになる。会場は銀座のホテル。タクシーで移動する。柏木さんの電話番号はわかるが、ぶっつけで行った方がお祝いらしいと思うので、そのまま会場へ向かった。結婚式で使うような金ぴかに飾り立てられた大広間は、正装の人々がそれこそ結婚式みたいにごった返しており、柏木さんを見つけるのは難しそうだった。小野寺と鉢合わせるのではという心配もあり、ひとまず入口付近で一杯飲むことにする。

眩《まぶ》しいほどに真っ白な布をかけた丸テーブルの上に、細長いグラスのシャンパンらしきものがある。それを取ってひと口飲むが、ジュースみたいで甘ったるい。シャンパンならある種の苦みがあるはずだが、これはそうじゃない。スパークリングワイン、ヴァン・ムスーだろう。

仕方なくそのグラスを持って、人波を縫うように進んでいくと、壁際《かべぎわ》で何人かと談笑している柏木さんらしい髪をまとめた姿が見えた。僕は手を挙げる。すると柏木さんは気づき、雪山の救助隊みたいに大げさに手を振ってみせる。

「やっと見つけた、おめでとうございます」

「〇〇さん！　ありがとう、お仕事あるのにすいません」

乾杯。彼女はビールを持っている。

「こういうの初めてだからもう疲れちゃって」

「今日は柏木さんが主役なんですから」

そう言いながら、僕が気になっているのはむしろ脇役《わきやく》の男の方なのだった。周りを見る。それらしい姿はない。僕らが話しているあいだにも、編集者と思《おぼ》しき三人ほどが柏木さんを狙《ねら》って遠巻きに待機しているのがわかる。

僕はいくらか声を潜めて言う。

「今回奨励賞って、小野寺真一っていうのでしょう？　あれ、こないだツイッターで絡まれたんですよ。見たかもしれないけど、例の「#LGBTは普通」っていうハッシュタグのやつで、何が普通だ、むしろ倒錯だ、って僕は言ったんだけどそれに、逆張りじゃダメだって言うのね」

「ああ、あの人ねえ、言いそう」

「調べたんだけど、G大学の社会学でしょ出身って」

「そうそう、あのへんねえ、私も苦手。

なんか向こうは勘違いしてて、私のことはオッケーだと思ってるみたいなの。私は○○さんの方が近いんだけどな」

「まあ、あまり言うのもね、ここにいるわけで」

僕は体をちょっとねじって、名刺を渡したそうに突っ立っている連中をチラと見て、

「それに誰か聞き耳立ててるかもしれない」

と言ってわざとらしく咳払《せきばら》いをした。すると柏木さんは、

「でも、陰口って大事ですよね。

その場にいない人の悪口を言うのはコミュニケーションを円滑にするのにとても大事なことです」

と、堂々とした口ぶりで言った。濃紺のセーラー服を着た学級委員みたいに。

「――それは社会学的な知見ですか？」

「ええ、そういう社会学もあります」

グラスの酒は半分以上残っていたが、もっと辛口のやつにしたかった。じゃ、お酒取ってくるんで、またあとで、と言って僕はその場を離れた。白ワインを探そう。

おそらくあの男も陰口を言っているに違いない。僕は彫像の後ろに回り込んで背

中を眺めようとするみたいに頭の中で電気信号を逆転させた。本質的に「合わない」人間はいる。合わないやつを説得しようとしてもしょうがない。距離を取るしかないのだ。もし仕事場で一緒だったりしたらごまかして付き合わなければならないが、小野寺なら関係ない。ただ、僕にはわからない死角から僕にどういう眼差《まなざ》しが向けられているのかは気になる。晴人が僕をどう見ているのかも。

柏木さんは待機していた人たちを丁寧に相手にしてケラケラ笑っている。そこに他意はない。僕にはそうわかる。彼女は本当にそういう人なのだ。陰口は大事ですと素直に言ってのけるのは、本質的に人に悪意を持っていないからだ。

「すいません、○○さんでしょうか」

と、不意に声をかけられ、背中が硬直する。知らない顔。

「わたくし、F書房で編集をしております。ご著作を読ませていただきまして」

そう言いながら名刺を差し出される。その傾いたかたちが僕に迫ってくる向こうに、ぼんやりと黒い長髪が浮かび上がっている。僕は目をしばたいて、その離れた対象の方へ神経の力を集めていく。あれは小野寺だ。

「あ、はい、今後ともよろしくお願いします」

とだけ言って名刺をポケットに入れ。ペコリと会釈《えしゃく》し、僕は一番近くの酒のテーブルに行った。ワインがほしいがなくて、あるのはビールなので、ビールを取ってぐいと飲んで、さてどうするかと時間を止めた。

神経を今、罵詈《ばり》雑言《ぞうごん》が駆け巡っている。だが面と向かって言いすぎて怒らせれば、大学問の問題にされるかもしれない。論客のケンカなら個人の範疇《はんちゅう》のはずなのだが。

僕はもう一杯ビールを手に取り、ひと息ついて、罰ゲームのテキーラだと思う。これは罰ゲームだ。行こう。

「すいません、小野寺さんですか」

「はい？」

「私、〇〇という者ですが、先日ツイッターでコメントをいただいたようなのですが」

「──ああ、あの」

そして黙っている。僕は反応を待つが、小野寺の視線は下に向いていて僕を正面から見ていない。

人を呪《のろ》う言葉が頭の底から一挙に立ち昇ってきて、それを吐き出してしまえと思うのに、言葉はビールの泡のように浮上しては破裂して消える。消えてしまう。

「逆張り、と言われると——」

その先が続かない。呼吸を奪うほどに言葉が溢《あふ》れてくる感覚があるのに、それが弾丸になってくれない。依然として小野寺は目線を落としたまま、何も考えていないみたいに突っ立っている。何も聞かないつもりなのか。

目の前には一個の身体《からだ》があった。肉の塊だ。その存在というか重量は、圧倒的な現実だった。生命があった。それに対して、僕が始終余らせていた言葉は、結局は言葉の幽霊にすぎなかったのだろうか？　小野寺の握りこぶしくらいの心臓が収縮し、暗い液体が体を巡っていくのが見える。

「お兄さん！　お兄さんたち！」

がなり立てるような声が横から割って入り、僕と小野寺は同じくその方を向いた。着物姿で真っ赤な口紅をして髪をソフトクリームみたいに巻き上げていて、女装タレントかと思うがおそらくは女性で、名刺を差し出している。

「お兄さんここ楽しいよ！」

ピンク色で角が丸い名刺を受け取ると「新城亜紗子」とあるが、彼女の発音は

「オニーサンココタノシヨ」なので、日本人ではないらしい。なるほどこういう授賞式には「先生」に銀座で遊んでもらおうと営業が来るのだ。それに呆気《あっけ》にとられ、そして視線を戻すと、小野寺はそばの誰かと話し始めていた。

僕は敗北したのだ。

去って行く着物姿の背中はがっしりして見え、僕はその脇を追い抜きながら、「でも高くないですか」と言い捨てて、大広間から出た。

ＬＩＮＥが来ていても見ない。ツイッターも見ない。次にどうするかは気持ちがすでに動いていた。男を買いたくなっていた。晴人と付き合って以来、ウリ専には一度行ったことがあった。まあ、プロ相手なら許してくれるだろう。

ただ、病気が心配なのだ。晴人に伝染《うつ》すことがあったら言い訳できない。基本的な防御はするからＨＩＶは大丈夫だとしても、最近は梅毒が増えていると聞いた。それより毛ジラミだ。終わったらスミスリン・シャンプーを使えば、卵を産む前に殲滅《せんめつ》できるのだろうか。シラミがいる陰毛に自分の陰毛が触れるだけで一斉に民族大移動が始まるという。それだけでもゾッとするが、すぐに産卵まで始まるなどと考えるとそれこそもうシラミがいるみたいにむず痒《がゆ》くなる。

タクシーで新宿二丁目へ。銀座からは三千円を越える。まあ高いがしょうがない。行こうとしているのは前に行った店で、仲通りの真ん中より南側、脇道を左に入ってコインパーキングが隣にあるビル、エレベーターで四階。ドアが開いてすぐ笑い声が聞こえる。このビルは各フロアがひとつの店なので、退散するなら今しかない。今日は行く。息を止めてわっと踏み出して左を向いた。

蛍光灯で冷たく照らされた廊下の先に、夕焼けのような光を閉じ込めた四角形が現れる。店のドアが開け放してある。そのまま進んで店の敷居を越えると、店員が「いらっしゃいまっせ!」とダミ声を張り上げる。

予想外にガラガラだった。ボーイが二人ついているテーブルに客が一人いるが客はそれだけで、カウンターに待機のボーイが数人座ってスマホを見ており、その彼らが僕に怪訝《けげん》な視線を送った。案内されたソファはあちこちに破れがあり、無造作にガムテープで補修されている。テーブルの前の円筒形のスツールもボロボロで、黒っぽい汚れがまだらになっている。とりあえずビール。一番安いから。いいヤツがいなかったら飲むだけで、最小限の出費で帰りたい。

マネージャーの男は、前にもいたかもしれないが覚えておらず、瘦《や》せぎすで目にクマがあり、時代遅れのギャル男風に日サロで焼いているようだが、肝臓でも悪くて土色なんじゃないかという感じ。カッパ男。髪は明るい茶で、バサバサに傷《いた》んでいてホウキみたいだ。

小瓶のビールをグラスに注ぎながら、

「どんな感じがタイプ？」

と、くねくねしたイントネーションで言う。

「うーん」

どう言えばいいのか……どういう言い方をすれば適切なオススメを得られるのか。ビールは注ぎ方が悪くてすぐに泡がなくなり、小便みたいなつまらない液体になった。それに渋々口をつけて、しばらく考える。

「やんちゃな感じかなあ」

「やんちゃ！　そうねえ……

うん。いるわよ。この子とかどう？」

と、カッパ男は指先に唾《つば》をつけ、はち切れそうに膨らんだクリアファイルをシャッシャッとめくった。

「このリュウくん？」

目がきつい、それはいいのだが、顎《あご》と口のあいだが詰まりすぎ。

「やんちゃっちゃやんちゃよ、実際けっこう暴れてたみたいだから」

「ガチのヤンキーなんや。そうねえ」

「心配？　大丈夫よいい子だから」

いや口がタイプじゃないから無理だな。

ファイルのポケットから数センチ紙を出してあるのが出勤可のボーイで、それは十人ちょっとで、箸《はし》にも棒にもかからないのもいるから選択肢は少ない。ウリ専は行くと決めるとイケメン天国のような期待が膨らむが、現実は実にみすぼらしいものなのだ。それは初めて来たときに知った。

「あ。俺はこっちの方が」

手が止まった。こういう場所では「俺」と言うようにがんばっている。

「えーっと……大地？　ほんとお？」

金髪の男。ジャニーズっぽさがあるがそれほどの完成度ではなく、普通にいいやんちやな感じ。少し冷たいシュッとした目。その目はさっきのリュウの悪い感じとは違っている。

「写真とはちょっと違うかもよお。昔のだから。

でもすごくいい子よ！　呼んでみる？」

深呼吸をして、考える。お願いします。

新宿御苑《ぎょえん》の寮に住んでいるそうで、髪を整えたり準備に二十分くらいかかるとのこと。そのあいだ、小瓶のビールだけで粘った。僕はケチなので無駄に酒を頼みたくない。マネージャーに飲ませるのもなんかイヤだった。

そしてようやく、ずっと開けっぱなしの入口に大きな影が現れた。想像よりもずっと大きな影だった。骨太で筋肉もあり、脂肪がしっかり乗っている。デブと言えばデブだ。赤と黒のチェックのシャツを着ていて、下は太いジーンズ。

一人の男が存在していた。写真は加工のせいでアイドル風だったが、実際にはニキビ跡のでこぼこがあり、目ももっと鋭かった。確かに写真の人物だとわかるが、その記憶をドンと突き飛ばして、今目の前にはとんかつの衣みたいにガサガサした現実が立ちはだかっていて、僕は息を呑《の》んだ。

「ども〜 隣いいスか?」

と、そのパンパンの土嚢《どのう》が問髪入れず脇に押し入って来るので、僕はヨイショと尻を横にずらしたのだが、その自分の所作がオッサンみたいでも女みたいでもあって不快になる。

ビールを二つ頼み、前に着席したマネージャーが三人分を注いでいく。

「俺なんかでいいんですか」

「いや、いい感じだったから。カッコいいと思うよ」

そもそも選択肢が少なかったわけだが、ピンと来たのは本当だし、消去法で選んだのかまさにこれだと選んだのか二つの解釈が両端から近づいていって重なって——などと思いながら、僕のグラスと大地のグラスがカチンとぶつかった。

「俺寝てたんすよ。だから髪ボッサボサで。そしたら電話鳴って。今日マジヒマで! 呼んでくれて助かりました」

とずいぶん素直に言うのだが、これで客を喜ばせる営業のつもりなのかと困惑する。

「お仕事、何されてる系ですか?」

「何だと思う?」

「ファッション系?」

「いや、そういうのもちょっとあるけど……まあ、雑誌の仕事とか」

「すごいスね! 彼氏はいないんですか?」

どう答えるか迷った。ナンパの可能性があるゲイバーなら、いないというポーズを取るのはよくある。しかし今嘘《うそ》をつく必要はべつにない。まだこいつを買うと決まったわけじゃないが、それはナンパじゃなく契約関係にすぎない。

「いるんだよね」

答えてから、でも嘘をついてもよかったと思う。嘘をついていいかどうかなんて真面目《まじめ》に考えているのが滑稽《こっけい》だ。じゃあ彼らの言うこと、彼らが見せるものの何割が本当だっていうのか。なぜ僕だけが、僕だけはちゃんとしようと思うのか。晴人の顔が浮かんだ。晴人の女性的な感じのわりには大きな、掘り出されつつある岩のような肩甲骨《けんこうこつ》を思った。僕は晴人に誠実であろうとしている。はずだった。だがこの店にいる。晴人だってどこで何をしているかわからないわけで。

「俺もいたんスよ、別れたばっかで」

「ええ、そうなん？」

「めんどくさくて。付き合ったばっかだったけど。手ぇつなぎたいとか言われてウゼーって思って。女みたいじゃないスか？　べたべたすんじゃねーよって。めんどいの無理だから男と付き合ってんのに」

「ええ？　手ぐらいよくない？」

「いやー、ウザいっスよ」

すげえいいな、と思った。こんなガサツな男と付き合うのは無理だ。だがすげえいいなと思った。

「俺、基本飲み要員なんスよ。あとメシ食い行ったり。大地くんがたくさん食べるとこ見てみたい～とか言ってね」

「食いそうに見えるもんね」

「でも俺食ったらトイレで吐いたりしてて」

と言ってガハハと笑った。僕はタイミングを探っていた。そのときマネージャーのガラケーから突然ガラスが割れる音みたいにJ-POPの着信音が鳴り、席を立ってカウンターに入った。僕は大地に身を近づけて言った。

「今日、お願いしていい？」

すると、太くて荒れた唇に笑みが浮かんだ。

「まじすか？」

「まじ」

マネージャーは電話しながら、何かあったのか頭をペコペコと下げている。結局この日、先にいた客はずっと飲み続けていて、飲むだけの様子で、他に客は来なかった。

「ありがとうございます」

と、大地は眉《まゆ》をまっすぐにして言い、僕の太腿《ふともも》をポンポンと叩《たた》いた。

二人で仲通りを北上し、靖国通りを渡り、新宿五丁目でコンビニに寄った。大地はレッドブル、僕はスーパードライを買った。なぜか大地がお金を出してくれた。個室があるのは何の変哲もないマンションで、住宅にしか見えないドアが開かれるとやはりごく普通の玄関で、靴箱もあり、まるで家に帰ってきたみたいだった。

家？　どこの？

大地が壁のスイッチをパチンと弾《はじ》くと、蛍光灯がこの領域をすっかり水洗いするように白々と照らし出す。茶色いカバーの布団をかけたマットレスが床にじかに敷いてあって、枕元《まくらもと》にランプがある。前に客がいたのか、クーラーはかけっぱなしで適度に涼しくなっている。大地は続いてテレビの電源を入れ、バラエティ番組の笑い声が流れ始める。

その簡易ベッドに並んで腰を下ろし、それぞれの飲み物を開けた。灰皿があり、向こうが先にタバコに火をつけた。

「仕事、ライターだったっけ」

そんな感じだよ、雑誌とかね、と答える。

「俺、夢があるんスよ。聞いてくれる？

いつか子供のためのセンターを作りたいんだ」

「子供の？　施設？」

「うん。いつでも来ていい子供センター。メシ作って。逃げてこれるみたいな。

俺、けっこう大変だったんスよ。少年院も二回入ったし。十代のときはずっと少年院で。そのときね、神様の声が聞こえたの、子供たちのために働きなさいって」

まったく意外な話だった。だが、不良少年の身の上話としてはなるほどというか、こういう特殊な仕事をしているからには事情があるものなのかと思った。と思ったが、何がどこまで本当だかわかったもんじゃないよな、とも思った。

「すごいね、立派な夢だね」

「お金貯《た》めてるんだけど、遊んじゃうから貯まんないんだけどね」

僕はスーパードライを啜《すす》り、タバコに火をつけた。

「神様に言われたのか」

「母親がキリスト教で、ガキの頃から神様の話をしてたんだよ。母親、少年院二回目のときに国に帰っちゃったけど」

――ということは、韓国系かフィリピンかそのあたり。そういうニュアンスはあるだろうか、と思って改めて大地の顔を、目を見る。わからない。

僕は宗教的なものが苦手で、何か唯一《ゆいいつ》なるものを人前で自信をもって語ることに気圧《けお》されたが、同時にそれを、なんというか図々《ずうずう》しいと感じていた。僕はその世界観は共有していないし、共有させられたくもない。

「神様は……　神様なんだし、お金もくれたらいいのにね」

「くれるよ」

そして大地は僕の太腿に手を伸ばし、さらに股間《こかん》へと指先を伸ばした。

「ひとつ訊《き》いていい？」

「何？」

「少年院って、何やって入ったの？」

「あの頃はやっていいことと悪いことの区別がつかなかったから」

そう言いながら大地は立ち上がり、伸びをして、面倒そうにチェック柄のシャツを脱いだ。その下の半袖《はんそで》のTシャツは肉体に押し上げられ張り詰めていて、そしてそれも脱ぐと大きな背中が蛍光灯を反射し、僕の前一面が雪のように白くなった。

だがそこには何か、か細いものがあるのが見えた。あちこちに掠《かす》れた鉛筆の線みたいな痕跡《こんせき》がある。小学生が自由帳に描く迷路を、消しゴムで消したみたいな跡だ。

「それ、刺青《いれずみ》消したの？」

大地は返事をせずに、ハハ、と乾いた笑いを吐き、シャワー浴びようと言った。

単純に「そうだよ」と言うと僕は思ったから、その避けるような反応は意外で、言わなきゃよかったと後悔した。刺青があった時期は彼にとって、まさしく消去すべきものなのだろうか。申し訳ないが、それは消し切れていない。絢爛《けんらん》な過去があったことが今でもわかる。

先に浴びてきて、と僕は言った。

僕もとりあえず上半身だけ脱ぐ。テレビでは、髪の長い女優がサラダをむしゃむしゃ食べるCMが映ったあと、アフリカかどこかの草原を鹿《しか》に似た獣の群れが下から上へとスクロールするように移動していく。季節によって大移動をするのだという説明が聞こえる。

大地の服が抜け殻のように放置されている。

向こうの壁には細長い鏡があり、僕は立ち上がってそこで自分の肉体を見た。三十代の半ばから溜《た》まり始めた腹の脂肪が気になる。ジム通いをしていて筋肉は増えた。加齢すると脂肪がつきやすくなるのはしょうがないので、脂肪だけついたただのデブになるより、筋肉があって脂肪がある「ガチムチ」なら許容できるから、へテロ男性より――あるいは女性と同様に――おのれの肉体の美的価値にこだわるゲイの男は、中年期になると焦燥感を伴って筋トレを始める。胸板は厚くなってきたが、下腹部の弛《ゆる》みをなくすには本格的に減量しなければならない。

こんなオッサンを抱いてもらうのか。振り返ると、彼の服がある。それを見ていて僕は勃起《ぼっき》し始めた。抜け殻だけでもいいのだ、きっと。

シャワーの音が聞こえている。水に勢いがあるからまだ戻ってこないはずだ。僕はしゃがんで、大地の靴下を片方取って、アスファルト色に黒ずんだその裏側に鼻を近づけた。僕は息を荒げ、大地の汚い部分を思い切り吸い込もうとした。彼に対する甘っちょろい幻想が破けるような強烈な臭《にお》いを待っていた。だが、ほとんど無臭だった。

そのあと入れ替わりでさっさとシャワーを浴び、明かりを枕元のランプだけにして、二人とも腰にタオルを巻きつけた状態で部屋の真ん中に向かい合わせに立った。恋愛感情があるわけでもなく、ただ何かいやらしいことを始めようとしているだけのこの純粋な痺《しび》れる興奮。抱き合う。口づけする。首を舐《な》められ、耳元で「どっちがいい?」と言われるので、もうオッサンなのに恥ずかしいが「一応ネコだけど」と答えると、僕の全身を絞るように抱きしめ、そして鎖骨から乳首へと舌を滑らせていった。

ベッドで仰向《あおむ》けになると、彼の重たい体が冬の一番厚い布団のように被《かぶ》さってくる。温かい。強い眉毛だ。鋭い目、インクのように黒い瞳《ひとみ》。誰かに似ていた。誰なのだろう？　彼はきっとどこにもいない。だが今ここにいる。

大地は僕の上半身をヘソのあたりから丁寧に舐め上げていき、そして顔が目の前に来ると、僕の目を覗《のぞ》き込んで「カッコいいね」と言った。そう言って一気に後ろに下がり、ペニスにしゃぶりつく。そして交代で僕が上になろうとする。

今度は仰向けになった大地を同じようにヘソから舐め上げる。盛り上がった胸の二つの丘。そこをドンドンと叩きたい。こんな体になりたいと思った。僕も大地のようになりたい。大地は誰かに似ていて、僕は大地に似たいのだった。

それから背中の下に手を差し入れて上半身を起こさせ、向かい合いに座り、あぐらをかいた中央に生えるペニスを丁寧にしゃぶり始める。仏の姿勢で座する彼の前に跪《ひざまず》き、その硬く太くしょっぱいものをしゃぶったあと、僕は起き上がって背の方に回り、突き出した肩甲骨から背筋のかすかな陰影を横切るあの掠れた線に舌を当てる。カタツムリが通ったような唾液のぬめりが光ってその迷路の線上に重なっていく。

それを大地はやめさせようとするんじゃないかと僕は思った。この舌の動きは彼のかつての現実をなぞっているからだ。でも何も起きなかった。舐められる快感にただ身を任せているのだろうか。あるいは「何かに耐えているのかもしれない」――という文字列が脳裏をよぎったが、それは勝手に僕が思い込んだ物語であって、事実はもっと単純、無意味なはずなのだ。出口はどこだろう？　この迷路の出口は。だがこの迷路はすべてがもう掠れた破線なのだから、どこもかしこも入口だし出口なのだ。だから出口が見つからないのか。いや、出口なんて見つからない方がいい。

そして耳元に口を寄せ、「入れてくれる？」と僕は言う。

「え、そうなの？　準備してなかったからな」

と、急にあっさりした口調で言われ、その「準備」って何なのだろう、バイアグラとかだろうか、と思うが、「やってみるよ」と言われる。彼も勃起している。こんなオッサンのお客にすぎないが、どういう意識の持ち方なのか彼は僕に対して一定の興奮を維持してくれている。

ふたたび僕が仰向けになった。ここからしばらくは事務的な時間になることがわかっている。彼はいったんベッドを降りてバッグからローションのボトルを取ってくる。それ自体ペニスみたいな長いボトルを高く掲げ、糸を引く透明なものを指に垂らすのが僕の低い視点からぼんやり見える。それから指が入ってくるはずなのだが、それが肛門《こうもん》に塗られ、ヒヤッとして、そして手を鼻へやってシューと音を立てた。そこで大地はぐんと胸を張って、そして手を鼻へやってシューと音を立てた。小さなものを片方の鼻孔に当てて吸い、やる？　とこちらに向ける。僕は驚いて少し顔を背けた。

「それ、今もうまずいでしょ。手に入るの？」

いいじゃん、と目の前に近づけてくる。黄色いラベルが巻かれた茶色ガラスの小瓶。ペンキのような揮発性のツンとする刺激、酸《す》っぱい臭い。迷った。めったにないものではある。何の痕跡が残るわけでもない。刺青とは違って完璧《かんぺき》に消えてなくなる。

僕は頭を大地の手の方へ突き出し、片方の鼻孔を指で押さえ、もう片方で吸い込んだ。交替で大地もまた吸った。

鼓動が高鳴る。バクバクと床から響くように音がし、血流が内側からペニスを揉《も》みしだくように拍動し、そして大地は深く息を吐きながら僕に覆《おお》い被さって二人の舌が生臭い唾液の中で固く握手をし、大地のペニスは僕のペニスにずっしり押しつけられ、そのさなかに肛門が急に熱くなる。指が入ってくる。指だよな、ナマで入れてないよな？　と瞬間で正気が戻ってそのあたりに手を伸ばすが、大丈夫、指だ。中指だろう。次に人差し指も。二本の指で肛門は横に引っ張られ楕円《だえん》になり、その歪《ゆが》みがまるで全身に及んだかのようで、なぜか自由に動けなくなる。奥へ奥へとねじり進んでいくと内壁が熱くなるというか、熱さと寒さが極限で一致するみたいな、季節の混乱みたいな事態だ。途中で前立腺《ぜんりつせん》に当たると、尿意のような何か急がなければならないような感覚になり、僕は完全にこの男の支配下に置かれる。

次にコンドーム。表裏が大事。ピンクの輪っかに息を吹きかけると、縁のところの裏返りの具合で表裏がわかる。その上で装着するのだが、その様子は僕の頭からはよく見えない。だから一応心配して、大地の股間に手を伸ばし、輪っかがちゃんと根元まで来ているかをそれとなく確認しておく。

そして指がゆっくり抜かれ、入れるよとも言わずペニスの先が肛門に当たる。入れられるというより押される、押し上げられる感じで、痛みに備えて緊張が高まるのだが力を抜かなければならない。しばらくはただ圧迫感が続き、あるとき突然、体が割れる。バゲットをちぎるように。痛みがじわっと広がり、力を抜け！　と僕は僕に命令する。その痛みは一過性のものだとわかっている。痛みが一段と大きくなる。まだギリギリ余裕がある。通り過ぎろ。前立腺の出っ張りがあるところが一番キツいが、その境界を越えるまで——越えてもうちょっと行け。行ける。

季節の混乱がそこで最も騒がしくなる。暑さと寒さが激しく逆転し合い、急がねばならないのか戻らねばならないのか全然わからない。だが進むのだ。進んでいく。膠着《こうちゃく》した時間が打ち破られる。彼は僕の最も奥に到達し、じっとりと湿った温かな平面が僕に押し重なり、そして運動を始める。

5

常連が食べ物を持ち寄っている。ポテチ、チーズ鱈《たら》。明太子《めんたいこ》を塗った煎餅《せんべい》は誰かの博多土産。びろんびろんの帯状のイカの燻製《くんせい》が盛ってあり、サナダムシみたいで動き出しそうな気味悪さ。僕はシャワーを浴びてから十時過ぎに行った。ちょっと顔を出すだけで長居はしない。なっちゃんの「卒業」パーティーは、東京出張があった週の土曜日だった。

皆だいぶ酔っていてひどい騒ぎで、あまりにうるさいと近所に警察を呼ばれることがあるから今日は心配だ。僕はいそいそと、笑い声からうめき声かわからない沸騰《ふっとう》をくぐり抜けていつもの席にたどり着き、島崎さんに声が届いて注文できるタイミングを待つ。ともかくなっちゃんに挨拶《あいさつ》しさえすれば目的達成だが、彼女もダーツの群れの中にいてすぐには摑《つか》まえられそうにない。あの井澤もダーツをしている。

「盛り上がってるねえ」

ワイルドターキーのソーダ割りを頼んだ。

「夕方からずっとなんで、みんな相当ですよ」

カウンターの真ん中に、普段はチェイサーの水を入れる口の広い瓶を花瓶代わりにして、赤い薔薇《ばら》の花束が飾ってあるのに気づいた。これ、すごい花束じゃない？

「ああこれ、井澤さんですよ」

島崎さんはレモンを搾《しぼ》りながらそう言って、グラスを前に置いた。ちょっとびっくりした。それからただちに恥ずかしさが生じて高まっていった。僕は手ぶらで来ることに何の疑問もなかったのだ。挨拶するだけで、最小限で済めばいいと思っていた。井澤の方がずっとマトモじゃないか。……何か僕も買ってくれれば、いや「買って」は良くない、「持って」くればよかった。僕には贈り物をする習慣がない。恋人相手だけは例外なのだが。それに、なっちゃんにそこまで特別に感謝するのも変だと思うのだ。

ダーツは二つのチームに分かれて点数を競っている。数字を減らしていくゲームらしいのだが、よくわからない。真ん中の肛門みたいな赤い丸、それはブルと呼ばれるのだが、ブルに入れれば一番エラいわけじゃないらしい。

当たり前だが、一方のチームが勝てば他方が負ける。両方負けたり両方勝つことはない。そんなルイス・キャロルみたいな事態はない。それが現実なのか。

とツイートして、それからメッセンジャーに移った。テツの長めの投稿がある。

先日来た派遣のオッサンだが暑いんで着替えてきますって俺に言って抜けて戻ってこないからトイレに見に行こうとしたら全裸で廊下につっ立ってたのよ次の日はもうそのオッサン来なかった

テツらしい愚痴だった。中高年で職にあぶれた流れ者が何かやらかした話が定番。奇妙なことが毎日のように起きるので、おかしいのは自分じゃないかと思えてくるという。だからここにネタとして書いて、正気を保っているわけだ。

歓声がどっと高く上がった。ひとゲーム終わったようだ。負けたチーム全員のために島崎さんがテキーラをショットグラスに注いでいき、先陣を切ってゴジラが飲み干して、ウーッまずい！　と有名なCMを真似《まね》する。

いや、プラスマイナスゼロなんだ、結局は。一回ごとの勝ち負けで決まるわけじゃない。時間が流れる。時間が上下のデコボコを均《なら》していく。全員が負けるし、全員が勝つのだ。

なっちゃんがこちらへ向かってくる。

を受け取る。

「なっちゃん、お疲れ様」

彼女は席には座らず、そばに立っていて、島崎さんからカウンター越しにビール
を受け取る。

「長いあいだお疲れ様でした。最初に来た日がなっちゃんだったよね。この店のお
かげで、大阪にも馴染《なじ》めたよ」

「そう言ってもらえると本当に嬉《うれ》しいです」

その後ろからぬっと井澤の浅黒い顔が現れ、僕の肩にそっと手を置いた。何をさ
れるのかと肩をすくめる。すると、わざと真面目そうな顔をして、

「〇〇サン、次、俺のチームね」

と言うので、いやいやいって、やらないから僕は、と反射的に拒否した。

すると井澤は不服そうに唇を尖《とが》らせたあと、

「なーっちゃん！」

と高く手を掲げる。なっちゃんはそれを思い切り打つ。

「井澤サン！　とゴジラが呼んだ。またゲームが始まるのだろう。なっちゃんはグ

ラスをカウンターに置いた。そして、これまで立ち入ったことがない近さで僕に顔を寄せ、

「私のことちょっと好きだったでしょ」

とささやいて、ふざけたウインクをし、踵《きびす》を返して向こうに行ってしまった。

耳を疑った。

私のこと、好きだった？

その一言は、僕を取り巻く言葉の壁の内側に入り込み、しばらく漂ってから泡のように消えた。

彼女はそういう見方で僕を見ていて、それが僕らが向き合うときに静かな背景音としてあったということ、それはまったく想像できなかった。だが、言われてみれば「ちょっと」そうだったのかもしれない。それはどういう意味なのか。この店で、なっちゃんに対しては比較的自然でいられた。親近感があった。似ていると感じたのかもしれない。なっちゃんは地元でたぶんごく普通の男と恋愛し結婚するのだろう。その運命、というか、ご飯に味噌汁《みそしる》が付くような当たり前の展開を僕は、憎みながら憧《あこが》れているというのが本当のところなのだ。僕の母と父も当然のように生き

た展開、その結果が僕という存在なのだった。

「シマ！　やってもうたわ」

向こうで素《す》っ頓狂《とんきょう》な声が上がった。

「こぼしてしまったわ」

見ると、ゴジラが水槽を背にしてエサの容器を振って見せている。べろんべろんになったゴジラが、ふざけてエサでもやるかとなって、全部ぶちまけてしまったのか。

島崎さんがすぐ駆けつけて、腰をかがめて言う。

「あー。水替えしなきゃダメっすね」

「私がやりますよ」

なっちゃんが甲高く答えた。

「いい、いい、俺がやるから。なっちゃんが主役だから」

と島崎さんが立ち上がるあいだになっちゃんはキッチンに駆け込んでしまったので、それならそれでと思ったのか島崎さんはまた腰をかがめて「あー」とか言って見ている。

僕も水槽を見に行った。

茶色いツブツブが砂嵐《すなあらし》になり、水面には蓋《ふた》をするように茶色の層が浮いていて、狂乱状態の赤や紫や青の生命体がピッピッと跳ねるように舞い散ってついばんでいる。鼓動が高鳴る。何かが僕の内奥《ないおう》で膨張していく。それに抗《あらが》えない。その感覚はそれ以上言葉にならない。言葉を生み出そうとする意識の裏面にその何かが重たく体当たりしている。

そのとき水槽は真っ黒になった。島崎さんが水槽の照明を切った。続いてなっちゃんがポンプとバケツを持ってきた。

「じゃあやっといて」

水槽の上にかぶさっている蛍光灯がはまったカバーが外されると、ざわざわと弾ける泡の音と共に水の生臭さが漂い出した。僕は爪先《つまさき》立ちになって覗き込む。波打ち泡立ってゼリー状にも見える水面の下には、赤や紫や青であるはずだが光を失って暗緑色にしか見えない影が上下左右にうごめいており、正面に見えていた華やかな景色とは打って変わって、そこにはただの物質世界が横たわっていた。

なっちゃんがポンプで水を抜いていく。水面がどんどん無慈悲に下がっていき、水槽の内側に付着した焦茶色《こげちゃいろ》のぬめりが年寄りの肌の染《し》みのように剝《む》き出しにされていく。化粧で取り繕っていたはずの老人が裸にされていく。魔法が解けてただの老婆《ろうば》に戻った魔女の姿だ、と思った。

翌週、午後に自分の新刊が並んでいるのを確認したくて本屋に行って、そのあいだ駅のそばのいつもの場所──僕はそこに「自由駐輪」しているが、普通は「放置自転車」として取り扱われる──に自転車を置いていて、店からそこに戻る途中ふと、近づいてくる影を感じて、晴人だったりして、と戯《たわむ》れに思ってみたが、もちろん違った。この時間にこのあたりにいるとは思えない。自転車は無事にそこで待っていてくれた。それで鍵《かぎ》を出そうとポケットに手を突っ込んだら、今度は本当に人影が横にいて、振り向くと、迷彩のフードをかぶっていて顔がよく見えないが男性で、

「あなななななな」

みたいに聞き取れないことを言われた。英語だ、と僕は妙にはっきりと確信した。なので、

「What?」

と、こもらせた感じでリアルな発音を心がけて言うと、睨《にら》むような表情のままぐっと動きを止め、何かまた「うにゃうにゃ」と独り言を言っているようなのだが、次の瞬間、

「なんや、ここ停めたらあかんやないか！」

と大阪弁で怒鳴られたので、英語じゃなかった、ということにびっくりしてしまった。そして駐輪を怒られたのだと気づき、まあ自由駐輪してるんだけどな、と思った。かなり若くてちょっと危なそうな目つきのガキで、ああ、はい、と立ち尽くしていると、また何か吠《ほ》えたそうに口を歪めたまま去っていった。肩をぐわんぐわん揺らして踊るように歩いていて、クスリでもやってんのかなと思った。

戻ってこないだろうと十分思える距離までそいつが去ってから、鍵を開けて自転車を出した。それで走り始めて並びの店を流し見ていると、晴人がいた。今度は本当にいた。あの顔が現れて、咄嗟《とっさ》にブレーキを握った。

「晴人？」

その晴人は浴衣《ゆかた》を着ていた。着崩れて胸元が見えている。それに隣に女性がいる。

ピンクのおもちゃみたいな浴衣を着てタピオカか何かのカップを持ってストローを咥《くわ》えている。

晴人も驚いた表情だったが、僕が何をどう言おうか迷っているうちに、

「うわ、すごい偶然だね！」

と、楽しげに言った。

「この子は前バイトで知り合った友達」

間髪入れず、僕に何も口を挟ませまいとするみたいに——と僕は思ったのだが——紹介された。するとその女は、とりあえずという感じでおずおず頭を下げた。

「あ、どうも。

何？ あそうか、今日お祭りだっけ？ 天神祭か」

「そうそう、ちょっと見てきたの」

考えてみればその時期だったが、大阪に引っ越してきてから一番大きな祭りである天神祭にも行ったことがなかった。しかしこの二人はこのあとどうするつもりなのか？ まあメシでも食うのか。

「じゃあ、楽しんでね」

僕はその場にいたくなくて自転車をすぐ出した。街を見て回るつもりだったのをやめてまっすぐ自宅に戻り、イライラとタバコを何本も吸ってから晴人にLINEした。「さっきの何なの」、「天神祭なんて僕らで行ったことないじゃん。浴衣を着てるのなんて初めて見たし。あの子は友達かもしれないけど、なんで僕を誘ってくれないの？」と畳みかけるように送った。「優先順位がおかしいんじゃないの」という文が最後に湧《わ》いてきたが、それはやめておいた。

ただちに「ごめん」と返事が来た。お饅頭《まんじゅう》みたいな丸い猫が謝っているスタンプも来た。そして「あの子はただの飲み友達だよ　去年から約束してたから」と説明があった。去年から約束？　僕はさらに頭に血が上り、「電話して　今すぐ」と言うと、少し間があって「それは無理」と返ってきて、血が全身から抜けるような寒いような焼けるような震えるような感覚に襲われたが、「約束したことだから　ごめん夜まで待って　こっちからかける」とすぐ続き、これ以上無理はできないと僕は諦《あきら》めて、「わかった待ってるから」と言った。

夜八時頃にLINEが鳴った。ごめん、と言ったきり晴人は黙っている。僕は勢いに任せて、夏の旅行だってダメなんだし、仕事忙しいって何なんだよ、なんで僕じゃなくて友達なわけ、と旅行のことも蒸し返してまくし立てた。優先順位ってものがあるでしょ、とも言った。ごめん、と晴人はまたそれだけ言った。

次にどう続ければいいかわからない。沈黙が続き、晴人の背後では車が通るような音がしたが、家からかけているのか外にいるのかもわからない。何度か、さらに非難の言葉が湧き上がるのを抑えた。僕は非難したいわけじゃない。ただ悲しいのだった。

僕は晴人とお祭りに行きたかったんだよ、夏らしいことしたかったんだよ、浴衣だって、僕も準備して一緒に着たかったし。僕は涙声でそう言った。

「寂しかったんだよ」

めんどくさいこと言ってごめん、寂しかったんだよ。僕は泣いた。晴人は黙って聞いていて、しばらくして掠れた声を出した。

「ごめん、ほんとごめん。──別れ話になるのかと思って俺、すごい怖かったんだ。ごめん、俺も一緒にいたい」

晴人も泣いていた。

「僕の方こそごめん、取り乱しちゃって」

来年はお祭り行こう、と晴人は言った。「行こう」とだけ言って、約束とは言わなかった。僕も約束だよとは言わなかった。言わないでおいた。もし来年何かの都合で行けなかったらまたひどく悲しむことになる。別の夏の過ごし方になるかもしれないし、でもそれでもいいはずで、その余地を残しておくべきだから約束はしないことにした。

僕たちはいつまで一緒にいられるのだろう。いや、ただの事実として、いつまで一緒に「いる」のだろうか。男同士には結婚というオチがない。結婚だって絶対じゃないが、男同士は前提として、どうなるかわからない薄氷の上にいる。僕はそれでいいというより、それがいいのだと思ってきた。

LINEを切ってから画面をスワイプし、天気予報を見た。明日、夕立はない。絶対ではないが。僕らの関係は天気だし、株価の運動なのだ。僕は晴人のあの剝き出しになった鎖骨の折れ線を思い出した。そして確率空間の中でその線に何度も手を伸ばそうとした。

八月頭に一人で海に行くことになった。一泊だけで。

腹いせの気分もあり、どうせなら思い切り贅沢《ぜいたく》したいと思って、沖縄で一番良さそうなホテルを調べた。全室がプール付きのスイート・ヴィラで、個別に空港の送り迎えまでしてくれるところを見つけた。

「出口の水槽の前でお待ちしております」

と事前に告げられた。旅行サイトで予約した翌日に丁重な電話があり、食事の時間を指定し、飛行機の便名を伝えた。

出口の正面、右前方に大きな水槽が確かにあったが、魚は意外に少なく、青く塗った単調な背面ばかりが目立っていて那覇空港にしては寂しい感じがした。その前で待っていたのは、黄色っぽいかりゆしウェアを着てごま塩の髪を角刈りにした初老の男性。そのあとについて駐車場に行くと、送迎の車はレクサスの白のSUVだった。内装はベージュの革張り、クッションが筋肉のオバケみたいにボコボコしている。運転席からおしぼりを渡される。シート中央のホルダーには水滴に覆われたウーロン茶の小さな缶がある。プルタブがやけに固く、スチール缶だとわかる。缶のウーロン茶って最近珍しい。法事で出てくるよなと思う。

南の風情《ふぜい》があるにはあるが、それほど本土とも変わらないなと思いながら那覇の街を眺めてウーロン茶を飲み、どのくらいかかりますかと聞くと、一時間くらいだそうで、ロードサイドにアメリカ西海岸みたいに店が並ぶ感じになった頃にうとうとし始め、眠り込んでしまった。そして、

「そろそろですよ」

という声で、頭を摑み上げられたように目覚めた。

流れ去っていく木々の向こうに、エメラルドグリーンの帯が見える。海沿いの道を走っているようだった。海だ。

「これは……島の周りに沿っている道ですよね？」

「そうです。国道58号線と言います」

ホテルの看板らしいものがあって右折し、防風林に穿《うが》たれた小道を入ると急にせり上がっていき、そして両脇《わき》の木々が消え、僕は白いヴィラが立ち並ぶ丘の上に来ていた。

車が到着したのはロビーがある低い円筒形の建物で、女性のスタッフに導かれて

入ると、そこの中央には建物を縮小したような円筒形の水槽が設《しつら》えてあった。奥にある赤茶色の革のソファに通され、ウェルカムドリンクはアルコールがいいかノンアルコールがいいか訊かれる。まだ酒を飲む時間じゃない。ノンアルコールはマンゴージュース。それが置かれてから、館内の説明を受ける。

ソファの脇から後方に半円形の空間が開けており、そこはバーだった。真昼なので、太陽の光で隈《くま》なく室内が描き出されていて、歯車がすべて丸見えになったカラクリみたいで、そこはじろじろ見てはいけない気がした。

水槽はそれほど大きくないせいか、盛りだくさんに生き物がいて、空港の水槽とはずいぶん違う。真っ白なイソギンチャクがわさわさと揺れ、マンゴージュースと同じ色のクマノミがその草むらを出入りしている。赤紫のアイシャドウみたいに鮮やかな細長い魚、あれはハゼの一種だろう。

地質調査でくり抜いた土の円筒形だ。あるいは耳栓。押し潰《つぶ》してもかたちが元に戻るやつ。

ゴルフ場みたいなカートに乗せられて、自分のヴィラに案内される。他の客に会わないで済むよう設計されている。二人で秘密の時間を過ごすにはうってつけというわけだ。

全室がオーシャンビュー。だがホテルの前は国道58号線が通っており、その向こうに海がある。ビーチに行きたければ、この丘を下ってから道を渡る必要がある。ずっと向こうが海で、目の前にあるのはプールだ。その真っ青な四角形。プールサイドにはジャグジーもある。

素足になってテラコッタのタイル敷きのテラスに出ると、パラソルを挿したテーブルに白い陶器の灰皿があった。タバコに火をつけ、プールの青よりも濃く沈み、緑がかった東シナ海の広がりを眺める。風が少しある。火がタバコの下側だけにつき、上に白い紙を残してじりじりと燃え進む。すると上側の紙が睫《まつげ》のように反り返っていき、やがて根本から火が燃え移り、パッと輝いて火の粉が飛び散った。

一人ではもてあます時間だ。どうしろというのか。この贅沢を独り占めしている快感がこの一泊の快感なのか。男でも買うか。だがここは僻地《へきち》で、那覇から呼んで来てくれるのかわからない。それに部外者は入れないだろう。友達だとでも言えばいいのか。ゲイアプリで誰かヤリ目のいい感じのやつがいないか。結局入れないからダメだ。こっちから行けばいいのか。場所ありの人希望。せっかくこんなホテルに泊まるのに外でヤるなんてバカげている。

室内に戻り、二つあるベッドの片方に大の字になった。目の前は全面がガラスで、下にプールの青が、その上に海の青が、その上に空の青がある。

「インフィニティ・ブルー」

と僕は独りごちた。アホか、と思った。

――だいたい文法がおかしくないか？　無限は、英語で形容詞なら、インフィニットだ。「無限の青」なら「インフィニット・ブルー」だ。だがカタカナ語として馴染まない気がする。じゃあ逆にして「ブルー・インフィニティ」ならどうか。「青い無限」だ。なんかイマイチやな。

結局、なんとなく出てきたものに意味があるのだ。ヘンに見えても、出てきてしまったものが「正しくなる」ように弁護を考えるべきなのだ。

ハーフパンツのポケットでiPhoneが真横になり、その角が柔らかい布を内から突き上げている。そのかたちを勃起みたいだと思いながら、取り出してLINEを開いた。晴人からのメッセージはなかった。

ベッドの正面にプールが見える写真をツイッターに上げたくなるが、我慢する。ツイッターでは、僕が本当は何を食べ、どこに泊まっているかを出さない。松屋でカレー、みたいな寂しい独身男のツイートが愛されるのである。

インフィニティは名詞で、ブルーも名詞だとすれば、名詞を二つ並べて「同格」という理屈も成り立つ。インフィニティ・ブルー。同格だとすれば、それは「無限としての青」、「無限=青」という意味になるだろう。

僕は今一人でいて、晴人がいない状況を弁護しようとしている。取り繕っているわけだ。結局それが「本当」であるような二つの結合なんて、ない。ただそう「なってしまった」関係を、適当なロマンティシズムで弁護するしかない。

僕はベッドから起き上がり、ビーチへ行く準備をする。

晴人は、誰かに似ている。

その文字列が、インフィニティ・ブルーの上をヘリコプターになって通過していく。いや誰にも似ていない。行き先が途絶した類似を追いかけて、僕の皮膚はピリピリと興奮してくる。好きになる男はすべて、似ているのだ。

ここのサービスは完璧で、フロントにコールしてビーチへの行き方を訊いたら、前の道までカートで送ってくれるという。帰りも、電話すればそこまで迎えに来てくれる。

腰くらいの深さまで入り、シュノーケルを着けて潜ると、砂の白さに擬態した地味な魚が群れをなしているのが見えた。ほかにも黄色っぽいやつ、チョコレート色の小さいのもいる。これだけ魚が見えたならもう十分だ。子供の頃に行った茨城や千葉の海では魚を見ることはできなかった。タスク完了。「魚を見る」という項目に取り消し線が付いて、あとはビーチの風景を撮影し、ホテルに戻った。

レストランは僕以外に誰もいない。スタッフは僕だけにかしずいてくれる。貸し切り状態みたいになるよう食事の予約時間をズラして調整しているようなのだ。それもなんだか寂しい気がした。すべてを独り占めしたいブルジョワの孤独が、まだ真っ暗にはならないこの夜空のブルーなのだ。ここに二人で来たらどうだったのだろう？　二人きりだね、なんて言うとして、それを単純に喜べたのだろうか。すべてが僕らのために整えられている演出の中で。新婚旅行の真似みたいなことをして。

夕食のあと、ロビーの奥にあるバーへ行った。

周囲はガラス張りの半円形で、黒々と植物が盛り上がるシルエットが見え、その向こうにヴィラの明かりが点在している。さらに向こうは海のはずだが、この時間の暗さでは何も見えない。

いつものXYZに似た違うもの、を頼もうと考えた。すぐに思い浮かんだのはマルガリータ。直感を信じればいい。

漏斗形のグラスの縁には塩がつけてある。その塩辛さの向こうにあるのは、XYZとほとんど違いがない味。テキーラだから独特の苦みがあるかもしれない。

「これ、沖縄の塩ですか」

「あ、いやそうではないんです。四国の方なんです。

塩もいろいろありまして、味も違いますが、溶ける速さが重要なんですね。お酒と混ざってからあまりザラザラしているとよくないですし、でもすぐ溶けてしまってもつまらない。そのバランスで選んでいます。

――強いお酒がお好きなんですか？」

「強い？　ああそうね、これはまあ強いよね」

言われてみればそうで、XYZも同様だが、いつも強い酒を飲んでいるとは自覚していなかった。僕は酔いたいのだ。

「マルガリータですが、このカクテルはちょっとロマンティックなというか、逸話があるんです。アメリカだと思いますが、昔バーテンダーがいまして、ライフルで猟をするんですが、そのときに誤って流れ弾で恋人を撃ってしまい、亡《な》くなってしまった。その恋人がマルガリータという名前で、その恋人を思って作ったカクテルなんだそうです」

バーテンダーは得意げに説明する。ぺったり撫《な》でつけたオールバックの髪は風呂《ふろ》上がりで濡《ぬ》れてるみたい。僕は次の一口を飲もうとしていたが中断し、言った。

「なんかヘンな話ですね……だいたいなぜ猟のときに流れ弾の危険があるような距離に恋人がいるのか謎《なぞ》ですよ。悲劇だけど、悲劇っていうよりなんか滑稽《こっけい》な状況ですよ」

「確かにそうですね」

僕は動揺していた。そんな悲劇は考えにくいと言おうとした。この酒は確かに強くて、二口、三口ですでに体温が上がっている。流れ弾で恋人を殺したって？

晴人は仕事があるから来られなかった。それだけだ。

僕は一人で楽しんでいる。それだけだ。

しばらく飲み続けて、酔いが深くなっていく。周りを取り囲む南国の夜はこれ以上は変化しないようだった。さっきから同じ深さの黒、あるいは濃紺。それ以上暗くなりようもない。夜の暗さにはそれ以上は超えない限界がある。

LINEを開いた。晴人ではない。アイコンを流し見ていて、たまに連絡する二丁目の飲み友達に、そのマルガリータの件をメッセージした。すると、しばらくして「カクテルライフ」とかいうブログのリンクが送られてきた。

マルガリータには複数の逸話があり、マルガリータという名の恋人を猟銃で誤って撃ったという逸話が有名ですが、典型的な都市伝説です。実際の発祥はメキシコのバーで、バーテンダーの恋人が塩を舐めながら飲むのが好きだったので、彼女のために考案したというのが本当のよう。

「だそうよ」

と友人は続ける。

「沖縄いいねえ　彼氏と？」

「うーん　仕事で来れないって」

「だから気になっちゃったのね」

「そうそう　ありがとう作り話なら安心した」

「安心したのね笑　健気《けなげ》笑
気にしないでゆっくりなさいな」

そんなマルガリータ一杯で終えるのもアレなので、何かウイスキーをと思って、中国人の買い占めのせいで高騰しているというサントリーの響《ひびき》があったから頼んだが、どうもカッカとのぼせてしまって飲み切れなかった。

歩いて部屋に戻り、そのままベッドに入った。そして目が覚めるとまだ夜中のようだった。枕元《まくらもと》のiPhoneを見るとまだ一時だ。夢を見ていたが覚えておらず、背中がねじれるような緊張感で起きてしまった。

冷蔵庫を開けてオリオンビールの痛いほど冷たい缶を手に取った。テラスに出て照明をつけると、プールの爽《さわ》やかな青が闇《やみ》の中にくっきりとかたちを成す。その水の中へ降りていく階段でくるぶしまで濡らして深夜の空を仰ぐと、さすがに沖縄は星がたくさん見える。

弱い光でもここなら見えるのかと目を凝らしていると、ウンウン、ウンウンウンというバイクの音が近づいてきた。沖縄の暴走族は島の輪郭をなぞる国道58号線、通称ゴーパチを走るのだが、今はめっきり下火になったと聞いたことがある。確かにわずか数人の音のようだ。五人もいない。それでも音は大きくなってくる。このホテルの前も通るわけだ。俺たちが存在しているぞと主張する小規模な集団。こんな田舎で誰に聞かせたいのか？と呆《あき》れる思いが湧いたが、今その音は確実に、まさにこの僕に届いているのだった。

昨年の、晴人と一緒だった石垣島の旅行では、ネットの情報で、観光客には行きにくいというビーチに行ってみることにした。その入り口の場所はぼうぼうに草が茂っていて、奥ではさらに背の高い植物が壁になっており、道らしきものは見えない。僕一人ならば引き返したに違いない。

晴人は快活に「行こう」と言って、何の導きも見えない草むらを踏みしめて進む。尖った葉先に攻撃されるのを我慢しながら、僕はどうにかついて行った。植物の壁は剝き出しの腕で搔《か》き分けなければならず、厚みのあるアロエのような葉のギザギザが当たって傷になりそうだ。晴人は先へ進む。先へ先へ。息苦しくなりそうなのをこらえながらその背を追ううちに、ついに視界が開けて、そこにはビーチがあった。

遠浅の海だった。藻に覆われた岩が透けて緑と茶のまだら模様になっていて、相当遠くまで歩いていけそうだった。

「すごいね、本当にあった」

僕は晴人の方を向いて言う。晴人は眩《まぶ》しそうに遠くを見ながら「うん」と答える。二人でサンダルを履いたまま海に入り、生き物を探し始める。無人島で人の痕跡《こんせき》を探すように。

あまりに遠浅なので、膝《ひざ》まで浸《つ》かる深さまで行くのにだいぶ歩くことになった。そこからビーチを振り返ると、客観的にはわからないが、相当危険な距離まで踏み込んでしまった感じがした。それは圧倒的な距離だった。

あの陸地には人がいる、人間がいる、むさ苦しい人間の巣だ。僕が今いる場所は人間なき世界だ。客観的に言ってきっとその距離は大したことがなく、まったく安全な浅瀬でしかない。今は干潮なのだろうか？　もし満潮になったなら安全に戻れるのだろうかと、僕はもう心配で仕方ない。そうなる前に戻ればいいのだが。今すぐ満潮になることはない。

任務を終えたらすぐ陸地に戻らなければならないと焦《あせ》っている。晴人はしゃがみこんで、腰を低くして腹まで水につけて何かを探している。もう少し深いところまで進み、晴人が声を上げたのでそこまでなんとか行くと、光を帯びているような鮮やかなオレンジ色の塊があった。僕は「カイメンだ」と言う。急いで言った。すぐにそれを言葉にしなければならないと焦っていた。「そうだね」と晴人は嬉しそうに言い、あとは何も言わずそれをじっと見つめている。

複雑に皺《しわ》が寄ったそのけばけばしい色の塊は、脳なのだと思った。誰かの脳だ。誰かの脳にそっくりな脳だ。

6

免許を取って最初の車は古い外車で、帰省する途中に東京外環で故障したことがあった。ハタチか二十一の頃。

カリカリカリ、カリカリカリとエンジンがいい始め、ああ、あれが来るな、とわかった。前にも渋谷の246で同じ故障をやったからだ。ラジエーターのどこかから冷却水が漏れて、過熱したエンジンが焼けつきそうになっているのだ。

アクセルをべったり踏みつけてももう加速できず、頭を掻きむしるようなカリカリという音は高まる一方で、僕を前に運んでくれるはずの力は萎《しお》れていく。

まただ。と、僕しかいない車内で漏れた声がすぐ耳のそばで言われたように聞こえた。小刻みに揺れている。脱水中の洗濯機みたいに。ギアをサードに落とす。何がまずかったのか？　べつに何もかにもない。たまたまだ。古い車だから。

それでハザードをつけると、直後の車はライトを一回光らせてから右にウインカーを出した。というのをミラーで確かめながら、パワーステアリングじゃない重いハンドルを左に思いきり押し上げて路側帯に逃げ込もうとする。今やブレーキの必要もなかった。サードからセカンド。まだギリギリ余裕がある。路側帯に頭を差し込み、ケツがなんとか道路との境界を越えるまで——越えてもうちょっと行きたい。行ける。セカンドからロー。ハンドルを右に切り返し、蛇が身をうねらせるような具合で車体を直しながらクラッチを最後に踏み込んで、解放された車輪が転がるだけになるかならないかで、止まった。

少し右に傾いて止まった。

後ろを振り返ると、台形をした窓の向こうには何もない灰色がべったりと延びている。右側を車が次々に、僕にぶつかるはずを空振りするみたいにどんどん飛び去っていく。ここは陸地で向こうは空で、飛行機が行くのを見上げてる感じ。

僕はそこで純粋に一人だった。

ハザードがカチカチと鳴る音だけが拡大されたように聞こえていて、僕は深呼吸をしていた。突然気づいて、サイドブレーキを引いた。忘れるところだった。そして外に出て、土埃《つちぼこり》でくすんだ銀色のボンネットを眺める。湯気が出ていたりはしないが、オーバーヒートに違いない。また運転席に戻ってタバコを吸い、二本目を吸いながら父に電話して、だから今夜は行けなくなったと説明した。

結局、いったん自宅に戻って電車で帰省した。それは翌日だったか、あるいはその夜遅くだったかもしれないが、記憶がはっきりしない。

この時期にはまだ宇都宮の大きな白い家に帰ることができた。その家は、父の経営する会社が倒産し、父に加えて連帯保証人だった母と父方の祖父母も自己破産したあと、競売にかけられて他人の手に渡ることになる。数年前に父の車に乗せられてその前を通った。明らかに僕の家族の好みではない少女趣味の華やかなレースのカーテンが、その内側に眼差《まなざ》しが入り込むのをやんわりと退けていた。

すぐにJAFを呼んだ。意外に早く、三十分も待たされずに白いトラックがやって来た。フロントグリルにフックを嚙《か》ませて荷台に引き上げ、僕は促されて助手席に乗り込んだ。その座席はいつもの運転席より二倍くらい高く、バネが無駄によく効いていて、僕はそのプリンみたいな塊の上でふわんふわんと揺れながら、眼下を流れる東京北部の遅い午後の街並みを眺めていた。

青みがかった風景は排気ガスに包まれている。その向こう、白くけぶるずっと向こうに僕が住んでいる街があるはずだが、その距離では何も見分けがつかなかった。

実家が破産してからしばらくは新幹線に乗る余裕もなくなった。湘南新宿ラインなら二時間かかるがそれにもすぐ慣れた。大阪東京間の新幹線よりは短いくらい。沖縄から帰ってすぐ、天満駅で新幹線の切符を買った。八月十三日に帰省で、翌日デンちゃんの家に行く予定。東海道新幹線はグリーン車にして、隣も前後も空いていて快適だった。東北新幹線は短いから通常の指定席で、こちらは指定席の通路にも人が流れ込んでいる混雑ぶりだった。

新幹線はなぜか疲れる。あまりに速くて、無理やり運ばれている感じだからか。普通の電車だってすごい速度なわけだが。外から見ればものすごく速く移動しているのに、僕のいる空間は止まっている。まあ、相対性理論である。

電車に乗っていて、壁も天井もなくなり、椅子《いす》に座って全身に風を受けて突進して行くならどうなるのだろう、と想像することがある。人前で一人だけ裸でいる夢を見るようなもの。それはフロイトも分析している典型的な夢だ。

というツイートをなんとなく書いている途中で前の自動ドアが開き、くたびれた白いTシャツのオッサンが入ってきた。そして足の踏み場もない様子を眺めやって、

「だーめだ」

と、丸めたティッシュでも放り投げるように言った。

東京に住んでいた頃、複数の路線が肩を寄せ合っている駅で、自分の電車が走り始めると同時に隣の電車が走り始め、ちょうど向こうの窓にいる人物が止まって見えることがあった。どちらかが先手を取れば均衡はすぐに破れる。二人の相撲レスラーのように。一方が先に行くということは、他方はあとからついて行くということだ。石垣島の隠されたビーチを思い出している。あのどう見ても人の入る場所ではない草むらの前で僕が躊躇《ちゅうちょ》しているあいだ、晴人もまたすべての動きを止めている凪《なぎ》の時間があった。

一歩が踏み出されるまでの宙づりの時間が長く長く引き伸ばされているような場

所だと思う、栃木県は。

埼玉や千葉なら東京の通勤圏内である。北関東は、東京を意識しているし、東京からそう遠いわけでもないがやはり田舎なのであって、だが東北ほどの独自性は持っていない。東京的速度もなければ東北的地霊もなく、北関東はひたすら中途半端《はんぱ》でしかない場所、中腰の国なのだった。

夕方五時頃に宇都宮駅の駅東にある両親のマンションに到着する。山吹色のエプロンをした母親が夕食の準備を始めている。僕と父は酒を飲むので、簡単なつまみから作り始める。ここは二人暮らしには十分で、子供たちが来たときのための部屋もあるが、宇都宮の家賃はこれだけの広さでも安い。大阪の部屋より安い。母が手をかけているので、昔と変わることなく今の空間も良い趣味で統一されていて、すこぶる清潔だった。アンティークの深い珈琲色《コーヒーいろ》の家具。籐《とう》のかご。彼女が結婚した頃からあるホーローの水差し、その唇みたいに丸まった縁のところがブルー。アルミのフレームに、二十代半ばの僕と妹が並んでいる写真がある。

ビール飲んでたら？　と刺身を切りながら母が言う。いつもはそうするが、今夜中に例の家を一度見たいので、運転するから酒はまだ飲まない。あとで飲むからつまみを取っておいてと言い、それからそばのコンビニに行ってノンアルコールビールを買ってくる。そのあいだに夕食ができている。

鰹節《かつおぶし》をかけたオクラのお浸し。刺身の盛り合わせ。トマトのような濃い赤がだんだんピンクへと変わるきれいなグラデーションのマグロだった。奮発して中トロだ。こういうときは母親も少しだけ飲み、父にビールをグラス半分だけ注いでもらって、皆で乾杯する。家は今夜ちょっと見てくるが、明日はデンちゃんの家へ行き、本番の荷物整理は明後日《あさって》やることにすると伝える。

「夏はどこか行ったりしないの？」

と母が言った。

「ああ、もう行ったんだよ。八月に入ってすぐ、沖縄」

「沖縄！　いいわねえ。一緒に行ったの？」

「いや、晴人は都合が悪いって。一人で贅沢してきたよ」

年中行事を大事にするのは母方の特徴で、海水浴もそうで、盆正月に集まるのもそうだ。だから夏の海を楽しみにする僕は、母親に成り代わっているのかもしれない。両親の新婚旅行は、復帰後の七〇年代の沖縄だった。

数年前から、家族の中で男性のことを口に出せるようになった。それまで息子の性愛について語るのはまるでタブーのようになっていた。妹は平気で彼氏の話をし、卑猥《ひわい》な冗談さえ言うのに、僕には「性がない」みたいな扱いを受けてきた。それがずっと苦しかったのだが、とはいえ、堂々と親に話せる付き合いは晴人以前にはあまりなく、乱脈な男遊びをしていただけなので、そんな性関係は異性相手でも隠すものだろうし、話題にできないことでかえって自由に遊んでいられたと言えなくもないのだが、それでも苦しかった。

大学進学して一年後に、実は男性が好きなんだと母に告白した。あの頃はまだまだ子供で、大事なことには親の許可が要るものだと思い込んでいた。母は、僕の好きに生きなさいと一度は言ったが、数日後に手紙をよこし、将来また変わるかもしれないから、決めつけない方がいいのでは、と書いてあった。その手紙はすぐゴミに出した。それから翌週だったか、父から電話があり、ママの調子がおかしいんだ、話があると言うので、東京で二人で会うことになった。昼に待ち合わせてニンニクとんこつラーメンを食べ、そのあと世田谷の部屋で話した。俺はべつにいいと思う、だがあまり周りに言うな、と言われた。僕は今後積極的にカミングアウトをしていくつもりだったから、勉強したてのアクティヴィスト的な口ぶりで同性愛差別への抵抗を語った。すると父はぶすくれたようにこんなことを言った。

「逆に、お前を好きな女の子にだって悪いじゃないか」

正確にこうだったかは自信がないが、僕は二の句を継げなかった。だって意味不明じゃないか。僕が男を好きだからって、女性に悪いことをしている？　普通の女たちが、女の体でおっぱいがあってオマンコがあるからって、あの眼光鋭い野生のノンケたち、クネクネナヨナヨしていないオカマじゃない本物の男たちに抱かれ貫かれ発射される最優先の権利があるなんて、なんと不当なことだろうか！　女たちは僕から「機会」を奪っているのだ。

いつも目にしているが、メイクか何かの専門学校から、肩までの栗色《くりいろ》の髪をした病院の受付にでもいそうな区別のつかない女性がぞろぞろ出てくると、こいつらが全員いつかは結婚したがってるのかと思ってゾッとするのだった。ファック！　着床！　出産！　あのシャンプーなのか何なのか腐ったリンゴみたいな甘ったるい臭《にお》いが結婚の臭いなのに違いない。僕はそこを自転車で通過しながらウッと息を止める。

だが、僕が知らないうちに母の態度は変わっていた。父と話があったのかもしれないし、わからない。ともかくLGBTブームと言うべき状況に後押しされたのもたぶんあって、母は変わった、というか僕の感覚としては、手のひらを返した。大阪に移って二年目くらいの正月に、やはり宇都宮で、

「今一緒に住んでる人とかいるの？」

と前触れもなく訊《き》かれて、僕は飛び上がりそうに驚いた。ついにその日が来たのだ。顔が熱くなった。

同居はしていないけどパートナーはいるよ、と答えた。そして声がうわずりそうになるのを抑え、わずかな間を置いて、年下の男性の、と付け加えた。母は穏やかに頷《うなず》き、そばにいてくれる人がいてよかった、安心したわ、と言った。

それまでの沈黙に対する明確な謝罪はなかった。受け入れはうやむやに起きた。両親は還暦も過ぎて、息子の私生活を認めなければ今後世話をしてもらうのに不都合だと思い始めたのかもしれない、そういう計算もあるのではと疑った。

今ある母方の家は、僕が中学に上がる頃に新たに建てたもので、その前の元々の

家は農業高校の裏手にあり、区画整理のために立《た》ち退《の》きになったのだった。小さい頃に盆正月は必ずその家に泊まりに行った。まだ暗いうちに目が覚めてトイレに行くと、ボーッボーッと鳩《はと》が鳴くのが聞こえ、そのうち鶏の声が上がり始める。庭の柵《さく》の向こうには馬がいて、干し草と馬糞《ばふん》ののどやかな臭いが漂ってきた。一面に芝が広がっているその庭では、春には縁側で芝桜のピンクが家を縁取り、和室からは白梅の老いた枝振りを楽しめたし、梅雨時には柵の方で紫陽花《あじさい》が咲き、秋には茱萸《ぐみ》と柿《かき》がなった。

僕が花びらをちぎって集め、「実験」だと称してすり潰して、薬のような化粧液のようなものを作っていて、見えないほどの小雨で濡れ始めていたのに気づかず、祖母がタオルを持って慌《あわ》てて庭に出てきた。馬がブルルといななく。タオルを頭に掛けてもらい、赤い汁が溜《た》まった容器を持って、柵の向こうで馬のペニスがすばやく伸び縮みするのを見ていた。

「昔の家、横にあった鉄の扉から農高に入れたでしょう。あの扉は勝手口だったのかな、でも向こうは農高の敷地で、よく入って遊んだけど、あれは不法侵入だったよね。広いから凧揚《たこあ》げなんかしたりして。

ああ、それからお隣さんの家で犬を飼ってたよね」

「そうそう、白い犬ね」

「ジョンだ」

「よく覚えてるわね。ジョンってね、あれ、うちのお爺《じい》ちゃんが呼んでただけなの。犬はジョンだ、と思い込んでたみたいなのね。だから、あの犬の名前、本当はわからないのよ」

盆正月には茨城の伯父の家族が来て、従兄弟《いとこ》と遊ぶのが楽しみだった。

「肝試しをしたね、お兄ちゃんがふざけて」

と母が言う。伯父が懐中電灯を持って先導し、夜の農高の裏手を従兄弟と一緒に歩いた。何が怖いわけでもないのだが、突然伯父が振り向いて、懐中電灯を顎《あご》から上に当てて脅かしたりした。何も恐ろしいものなどないことはたぶんわかっていたのだが、僕たちは恐ろしがろうとしていた。架空の不安を楽しんでいた。正確には、まだ何が怖いか怖くないかが曖昧《あいまい》な時期だったのだろう。それは凪の時間だった。甘美な幻想が保たれている時間だった。だがいつしかその幻想は霧散し、僕は本当に不安を抱えるようになった。オバケではない。人間への不安だ。

農高の家は、母が小学校に上がる頃から住み始めたもので、そもそも母が生まれた家は、宇都宮の中心部近くの寺町にあった。母方の祖母の父、僕の曾祖父《そうそふ》を家長とする一族がその同じ土地に住んでいた。母方ではそこを「寺の家」と呼んでいる。母はその一角にあった離れで生まれ育った。のちに移る農高の方も、曾祖父が目をつけていた場所だという。

「あの庭にあった木は、寺の家から持ってきたのがあって、梅もそうだわね、柿の木もそう。

小さい頃は柿の木に登ろうとして、降りられなくなりそうでお兄ちゃんを呼んだりして」

と母は、僕がこれから訪ねようとしている家より二代前の風景を呼び出している。

寺の家は中心に庭があり、それを囲むかたちでいくつかの建物があった。庭は芝生ではなく、雨が降ると泥水があちこちに溜まる。母はその泥を絵の具代わりに、母屋《おもや》に続く飛び石を全部塗り込めてしまい、曾祖父の怒りを買った。たらいに水を汲《く》んできてひとつひとつ洗い流したけれど、石目にまだ黄土色が残っていて、ピカピカに戻すにはいつまでかかるのだろうと途方に暮れる。でもその石は元から薄汚れていたはずで、元に戻すというのがどういう、どのくらいのことなのか、石磨きに夢中になるほどわからなくなるのだった。

雨上がりの日に、水溜まりにチラシの紙で折った船を浮かべた。折り紙で二艘船《にそうぶね》を作った。お兄ちゃんと一緒に。そして次の日になると水溜まりはもうなくなり、船はへなへなになっていた。水を吸ってふやけて、それから乾いて。

父がビールを飲み終えたグラスと取り皿をキッチンに持っていきながら言う。

「うわあ、田舎の子。みみっちい話だ。うちの子の小さい頃の記憶はリゾートホテルなんだから。なあ？」

食事のあと、父の車を借りて母方の家に向かった。十五分くらいで、それほど遠くない。

昔はだだっ広く水田が広がっていた場所で、用水路で祖父と鮒《ふな》を探したりしたようなところなのだが、区画整理で埋め立てられて住宅地に変わった。だが、まだ空き地も多くて物寂しさがある。宇都宮で賑《にぎ》やかなのは駅の西側で、役所もそちらにあり、駅東は子供の頃からずっと開発中の感じだ。

道順はおおよそわかるが、わざと回り道をしたい。大きな街道からその地区に入る目印は、僕が生まれる前から祖母が通っていたスーパーで、建物は真新しくなったが看板のロゴは記憶の通りだ。そこから入り、進んでは交差点で必ずどちらかに曲がるようにすると、ジグザグに行きながら渦を巻いているような格好になり、見覚えのある大きなお屋敷が出現し、ここはずっと空き地だなと前に思ったのを覚えている空白があり、そして昔は用水路だった直線をなぞる道に出た。その道をどこかで左に曲がる。ここだ。

骨組みがX字になったフェンスがあり、これは何と言うんだっけ、伸び縮みする蛇腹状の。それを開けてから、土地が盛られた芝生の庭へと車を乗り上げる。ライトに眩しく強制的に照らされて、縁側から二階のバルコニーまでの縦横の線が何かの記号みたいに浮かび上がる。

玄関を開けてすぐ傍らのスイッチで明かりをつける。酸《す》っぱいような、あの馬屋の干し草のようでもある臭い。畳の臭いだ。年寄りの家の臭いだ。この家は生きていて、内壁が炎症を起こしているみたいだ。玄関から右手に廊下が伸びている。その奥のドア溜まった夏の熱気で空間が腫《は》れたように重たく暑い。

についた窓は真っ暗。ドアの向こうはリビングで、そこに電気をつけるには暗闇に頭を突っ込まなければならないのか。ちょっと怖くなる。懐《なつ》かしい肝試しじゃないかと思って可笑《おか》しくもなる。だが今回は農高の裏よりも怖い。宗教心などバカにしているはずなのに、祖父母の霊に見られている気がする。何か「いる」感じとはこういうことなのか。

僕の荷物があるのは二階で、階段は廊下の中程にあるから、向こうまで行く必要はないと言えばない。眠り込んでいる一階はそのまま眠らせておいて二階へ上がってもいいのだが、すると何かが知らぬ間にうごめき始めるような気がしなくもないので、意を決して廊下を進み、心を無にしてドアを開けてすぐ左手の壁を叩《たた》くように探ってスイッチに指が当たると、途端に空間は暖かい光に照らし出され、それは一族が団欒《だんらん》の時を過ごしたあの時代そのままなのだった。

リビングの右手に庭に面する和室があって、そこに仏壇がある。ヘタに線香を上げたりすると火事の原因になるかもしれないので、鈴《りん》を鳴らすだけにして手を合わせた。

さて戻るとなると、今度は廊下の方に何かいる気がしてしまうが、バカげている。

和室もリビングも電気をつけたまま廊下に戻ると当然何もいないが、見えない姿のあとをつけているような気になる。その人物は少し先へ進んでいる。階段を上がったんじゃないだろうか。階段に電気を灯《とも》す。僕が上がっていけば、その人物は二階へと追い詰められていくだろう。そろそろと階段を上がっていく。

途中で寒気が走った。「あれ」があるかもしれない、プラスチックケースの中に。

二階の部屋にはやはり本棚があった。そこにはCDが残っていたが、思ったほどの量でもない。全部ゴミ。それから東京で一人暮らしを始めたときに買った、耳かきの匙《さじ》みたいなかたちのイームズの椅子があった。それは今見ると変な色で、黄みがかった灰色というか、それこそ耳クソか鼻クソみたいな微妙にくすんだ色だった。だがこれは本物のデッドストックで高かったので、友人か妹に譲るのがいいかもしれない。イームズの脇にはハンガーラックがあり、誰のものなのかわからない女物の服に混じって、渋谷の古着屋で買った革ジャンがあった。これもサイズが合わなくなったし、やたらに重たいから着なくなったものなので、捨てる。

その下にプラスチックケースがある。

蓋《ふた》の両側のロックを外して開けると、書類と衣服が入っている。まず見えるのは高校の文化祭のパンフレット、友人と作った同人誌。その下にアルバムがある。大学に入りたての頃の写真だ。分厚い茶封筒があって、大学のレポートが取ってある。これらが持ち帰る必要があるもの。その脇に昔のブランドの服が乱雑に詰め込まれている——それを二枚ほど取り出すと、あいだに挟まっていた黒い袋が現れた。アクセサリー類だろう。口紐《くちひも》をゆるめて覗《のぞ》くと、まずネックレスがあり、銀が酸化してひどく黒ずんでいる。昔流行《はや》ったミサンガみたいな紐状のものも絡《から》まって入っている。

そして親指大の小さな瓶があった。

やはりあった。いや、「やはり」ではなくこれは意外な現実で、身動きが止まる。さっきの予感は例によって自分で自分をわざと不安にさせてるだけだった……なんてことならよかったのだが、確かにかすかな記憶があったのだ。

黄色いラベルが巻かれた茶色ガラスの小瓶。それを蛍光灯に透かして見る。液体はなくなって乾き切っているが、底の方にごくわずかに白く結晶がこびりついているように見える。キャップを開けて臭いを嗅《か》いでみる。何も起きない。酢のような臭いがする？　気のせいかもしれない。記憶の臭いを嗅いでいるだけかもしれない。

心拍が上がっている。かつてその液体を嗅ぐと鼓動が高まったのと似て。その瓶に実際臭いがあるのか、今この家に充満する酸性の臭いをその残り香と取り違えているのか、判断がつかなくなる。

書類はあとで取りに来る。小瓶だけポケットに入れ、階段を降りて一階の電気を消したら、背後に何かの気配が留まっているのを振り切って、一気にその家をあとにした。外はパラパラと弱い雨が舞い散り始めていた。

この小瓶は存在を消さなければならない。だが僕は、その抜け殻を、幽霊をすぐには手放したくなかった。

だが、消さなければならない。

さらに東へと車を進めた。気が済むまで遠くへ行かなければならない。この程度の雨なら一番遅いワイパーで十分だった。そのうちに、東京に向かって長距離トラックが次々に南下していく大きな街道に突き当たった。

僕はいつか東京に行くことになるのは当然だと子供の頃から思っていた。閉塞《へいそく》した栃木から十八歳で解き放たれて、確かに自由になるにはなった。ずっと東京で生きて死ぬことになるのかは未定だった。僕は今大阪にいる。どういうわけか大阪にいて、どこで死ぬことになるかまだわからない。一人で死ぬのか、誰かがそのときそばにいるのかもわからない。

闇を下から撫で上げて波打つその大蛇のような街道を南へ南へ下っていくと、左手の前方でパチンコ店の電飾が次第に大きく見えてくる。鉄骨の骨組みで何かを描いているのだが、電球があちこち切れていて何だかわからない。ある部分が光ると、交替で別の部分が光る。外国の奇妙な文字をひとつずつ表示し、覚えさせようとするかのように。

僕はその駐車場の奥に車を停めて、エンジンをかけたままタバコを吸っている。どうしたいのかわからなかった。ワイパーがせっかく拭《ぬぐ》っても、繰り返し全面にまぶされる水玉のひとつひとつに同じ世界が虹色《にじいろ》になって映り込んでいた。なんとなく僕はiPhoneを取り出してLINEを開き、晴人からの新着が何もないのを確認した。もう一本タバコを吸った。そしてまたアクセルに足を乗せ、家に戻ることにした。

翌日は、昼を両親と食べてから、午後にまた父の車を借りて北西部にあるデンちゃんの家に行った。

よく晴れた日。中心部からだんだん離れ、街道沿いのラーメン屋だの焼き肉屋だのもなくなって景色は鄙《ひな》びていき、田畑が広がる中に瓦屋根《かわら》の農家が点在するだけになり、空が広々としている。今やこの車しか走っていない。Google の地図を見て、右折のポイントが近づいているので減速していくと、右にこんもりと雑木林が出現し、その向かいに大きな建物、というかこの場所にしては奇妙な何かが見える。一時停止して右に曲がると、左前方に鎮座するそれは、くすんだ銀色をした巨大なドーナツ状の建物で、潜水艦みたいなまん丸の窓がぐるりと並んでいる。それは二階部分で、下は塀に囲まれた駐車場になっており、入口にはタイヤの泥除《どろよ》けに似た暖簾《のれん》が垂れている。ラブホテルだ。ここまで来れば逢《あ》い引きも見つかるまい。

ホテルの駐車場のぴったり正面、この車から見て右手にデンちゃんの家へと続く私道があり、その道の左側が緑色のフェンスに囲まれた「発電所」で、剝《む》き出しの土の上に真っ黒な太陽光パネルが何枚も傾けて設置されていて、その甲虫めいた黒には油膜のように空が薄く映っている。真夏のビーチにサンベッドがところ狭しと並べられているのを連想する——ウェディングドレスのごとく純白の。

車を止めて発電所を見やってから、さらに奥へ進んでいくと、デンちゃんの家が現れる。ベージュ、赤茶、ピンク、水色。ウエハースで組み立てたお菓子の家。黒の、ではなく黒に近いグレーのジャージをだぼだぼに着たデンちゃんがサンダルをつっかけて庭にいて、縁側から入るように手招きする。

「テツが来てるよ」

「発電所だねほんとに。しかしラブホの目の前で」

「何とも思わんよ。それに人の出入りがあるのはいいんだよ。夜中でも人が来るだろ、泥棒がやりにくくなる」

リビングに入る。この無駄に広い感じが記憶のどこかに触れている。高校卒業後のあの宴会は断片的にしか覚えていないが、この家には初めてではない感じが確かにある。壁にはマンガばかり詰まった本棚があり、隣の部屋の壁までびっしりマンガがある。その奥の方からテツの大きな姿が「よう、久しぶり」とやってきて僕を迎えた。テツは高校の仲間内で一番背も高いし筋肉質なのだが、僕と同じく極度のスポーツ嫌いで、昔からマンガばかり読んでいた。デンちゃんが家をマンガ図書館にしているのはテツのためでもあるらしい。

水色のエプロンをしたデンちゃんのお母さんがすぐやってきて、こんなところですいません、座って座って、とテーブルの方へ案内された。テーブルには黒板のような緑色のカッターマットが敷いてある。大小の木材が散らばっている。

「なんか作ってるの？」

「これな、監視カメラを取りつけるやつなんだけど。フェンスがあっても泥棒は入るんだよ」

「何を盗《と》られるわけ？」

「銅線だよ。全部引っこ抜いて。いい値段になる」

「そいつらラブホに車停めてたりしてな」

とテツが口を挟む。

またお母さんが廊下からバタバタと忙しそうに来て、飲み物のグラスを配り、真ん中に大きなバナナの房を置いた。

「ウーロン茶しかなくて、ごめんなさいね。バナナ食べて。おいしいの、ほんと甘くて」

そして廊下を振り返り、

「デンちゃん、そこに置かないでって言ったでしょ！」

と悲鳴を上げる。見ると、この部屋と廊下のドアのそばにダンボール箱が積み重なっていた。Amazon の箱だとわかる。ここに閉じこもって隠居で、Amazon で次々に買うから開封が追いつかないのだろう。お母さんは息子を苗字《みょうじ》のニックネームで呼ぶ。デンちゃんは田口なので田ちゃんで、母親も同じ苗字なわけだが、いや旧姓は違うのか、だとしたら息子が亡き夫の代わりなのかもなと思ったりした。

「あとでどけるよ」

そう言いながらデンちゃんは席を立ち、その一番上にある薄い箱を取ってきてテーブルで開けた。出てきたのは僕の本だった。最近出たばかりの「論集」だった。

「買ってくれたんだ」

「おう、読むよ」

デンちゃんは読書家だが、哲学のややこしい議論がわかる人ではないはずだ。でもこの「論集」なら読める部分もあるだろう。とんかつのエッセイにだって哲学がある、というのは「ものは言いよう」なんじゃなく、本当にある。今の僕は決して哲学を裏切っていない。

僕は自分の本をパラパラめくりながら言う。

「デンちゃんは哲学者だよね」

「そうか？」

「だって原理的じゃない？　資本主義を原理から考えてる」

むずむずと言葉が湧《わ》いてくる。デンちゃんは琥珀色《こはくいろ》の水面に口をつけ、「まあ、資本主義だよな」と言う。僕は思い切って、長々としゃべるのを自分に許すことにした。

「資本主義は元々「持っている」かどうかが最大の問題だけど、それを人々は直視したくない。資本が元からあるかどうか。持っている者が、持たざる者つまり自分の体しか資本がない者を働かせてピンハネするのが資本主義だよね。

資本とは生産手段であり、カネであり、地球上において究極的には土地だ。エリザベス女王はロンドンの大地主だからね。でも、さらに原理的に考えれば、地球上の全活動は太陽エネルギーが元なのだから、太陽を直接カネに換えればいい。それこそ純粋な資本主義だよ」

「太陽はすべての母だからな」

と言ってテツが縁側に出ていった。タバコを吸いに行ったのだ。デンちゃんは昔からタバコを吸わない。

「論理的にはそうなる。バタイユだっけ？　そんなことを言ってたの。『太陽肛門《こうもん》』だっけ。

まあでも、土地が必要なんだけどね」

そしてデンちゃんはバナナの皮を剝き、黒ずんでいる箇所を見て、「俺この黒いところ嫌いなんだよな」と言った。

太陽がすべて——本当にそれだけが真理で、降り注ぐ太陽エネルギーを我が身ひとつに浴びるだけでカネが生じるなら、どこでも生きていけてどこで死んでもいい。

だがそれは、論理がオーバーヒートした抽象論なのだ。人は抽象的な「点」じゃない。体がある。肉体が。かさがある。地球上で場所を占めなければならない。

単純な話、デンちゃんは実家の土地で食っているのだ。実家の歴史のおかげで生きている。だが僕の家族は家を、土地を失った。僕らは大地を失ったのだ。太陽によって温まる大地がなくなったのだ。今の僕なら土地を買うこともできる。大阪に土地を買うとして、失われた家族を大阪で復活させることになるのか？　そんな想像をするほどに僕はまだ——いつまでなのかわからないがまだ、このままでいいと思う。僕は、大地に帰らなくていい。

僕も縁側に出ると、その細長いスペースにも制作中らしいものがある。自転車ほどの大きさで、金属の棒で組み立てられた何かジャングルジムみたいなもの。中には黒い塊が置いてあり、赤と黒のビニール線がヒョロリと伸びている。

その傍らにガラスの、蓮《はす》の花を思わせる大きな灰皿があった。テツがよく来るから置いてあるのだろう。

「震災の直後は儲《もう》かったんだよ」

テツは以前から両切りのピースを吸っていて、もくもくと機関車みたいに煙を吐きながら言った。僕もタバコをポケットから取り出そうとし、そのときにタバコの箱があの小瓶に引っかかった。しばらくその存在を忘れていた。

「太陽光も割が悪くなってきたみたいね、買い取り価格がどんどん下がって」

僕も火をつけて、深々と吸い込んで、ニコチンが頭皮をキュッと締めつけるその異常さを改めて感じる。

「なんでも最初だよなあ。

デンちゃんが始めたとき、俺も銀行でカネ借りてパネル置いてもらって、その額は回収できたよ」

銀行で借りてまで？　それは知らなかったし、まったく想像もしなかった。

「投資してたの？」

「やればよかったのに。デンちゃん声かけてたじゃん」

確かに当初、メッセンジャー上で告知していたと思う。いくらから投資できるという具体的な話もあった。でも僕はそのときは動こうとしなかった。

それにしてもテツだって、大学院受験には失敗したが実家の土地はある。決定的に僕とは違う。

僕はどこで死ぬことになるのか？　そのときに誰かがそばにいるのか？

今は晴人がいる。何のゴールもないこの二人は、それぞれの死に至る時間を愛撫《あいぶ》でごまかし合っている。いつかは死ぬ。それでも、スカイダイビングで手をつなぐように落下速度は減速できるだろう。いや減速しかできないのだ。激戦地にパラシュートで兵隊が投下された。男が二人で生きるとは、共に、少し遅めに落ちて行くことだ。次世代を生み出して未来の肥やしになるのではなく。猛烈な風圧を受けながら一緒に落ちていき、その途中の浮遊を共にしている。

デンちゃんがサンダルで出てきた。

「じゃあどっか行くか」

夕方になり、夏空は黄色がかっていて、間もなく太陽は山並みの下に格納され、いくらかは涼しい夜に交替する。

「ドライブでも行く？　メシ食ってから」

テツはタバコを揉《も》み消し、怠《だる》そうに伸びをして言った。

「なら遠くに行こう。北だ」

と僕は言って、一人でさっさとガレージに向かった。僕のというか父の車に向けてリモコンを押すとコクッと鍵《かぎ》が外れる。運転席の脂臭《あぶらくさ》いシートにもたれ、そしてポケットに手を突っ込んだ。そのあと二人はバラバラに来た。まず助手席にテツが、そしてその後ろにデンちゃんが乗り込んだ。

車はお菓子の家を背にしてのろのろと進んでいく。発電所を抜け、ラブホテルの暖簾のある門に突き当たる。ホテルに入ってしまおうかと思う。この二人とヤるのは嫌だが。

市街地へいったん戻って街道沿いの店でラーメンを食べ、宇都宮インターのあたりから高速に乗った。日光へ行く。

高速道路らしきまっすぐに続く道に入って加速しているが、料金所がないな、と僕は言う。料金所はだいぶ先なんだよ、とテツが教えてくれる。じゃあ料金所までのこの道は、この時間は何なのだろう、高速なのか？　あるいは一般道の延長なのか？　とモヤモヤしていて、次第に山が始まって道は紺色に沈む谷間を貫いていき、確かにかなり行ってから料金所が現れて通過したので、それからはやっと気兼ねなく走れる。

「このままで着くわけだよな。いろは坂を上らなきゃならないのはどこだっけ。日光へ行くってそのイメージがあって」

と、僕はジグザグの坂でつっかかって切り返したりしながら上っていく遠足のバスを思い浮かべていた。

「日光市内から上の中禅寺湖までがいろは坂だろ」

とデンちゃんが後ろから言う。

「高速で行ったら、あのジグザグを直線距離でパスできちゃってる気がするんだけど、そんなわけないんだよね。直線で山を登れるわけないのであって」

クーラーがブオーと風を噴き出している。子供の頃は父の車にお人形のように乗せられていただけで、自分の体で把握していないから栃木の地理はあちこちがショートカットされていた。中禅寺湖のイメージと箱根の芦《あし》ノ湖《こ》のイメージも混ざってしまう。神社みたいな朱色に塗られた遊覧船があった気がする。それは芦ノ湖の方だろうか。芦ノ湖へ行くにもバスで蛇行する坂を上った気がする。そのとき僕は珍しく乗り物酔いをしたのだった。母方の祖父母を連れて箱根のホテルに泊まったとき。上品ですごくキレイなホテルで、日本庭園に面するガラスが完璧《かんぺき》に磨き上げられていたので、僕は外を見ようとして顔をぶつけてしまった。

そして思い出した。

「昔な、日光へ行く途中で、逆走してきた車があったんだよ。東北自動車道で」

僕はそう言って、今僕らが左の車線を比較的遅めに走っていることを意識した。

「東北道？　この道じゃなくて？」

テツがタバコに火をつけながら僕を見る。

「え、これ東北自動車道じゃないの」

「違う違う、日光宇都宮道路、日光道だよ。さっき料金所まで長かっただろ。東北道なわけない」

東北自動車道は……そうか、東京外環から乗り込むのが東北自動車道で、蓮田《はすだ》とか羽生《はにゅう》とか埼玉を通って、それで宇都宮。日光はその先というイメージだった。違うのだった。東北道ならその先は那須、福島の方だ。日光は、じゃあどこなのか。東京からそのまま北上ではない。地図が液体になって日光という文字が水面で揺れている。遠くの波間に浮かんでいるブイを見るように、それは見えるのだが、位置も距離もよくわからない。日光はどこか北だ。北の方だった。

「じゃあこの道だわ、日光道っていうのか。ぶつかる寸前だったのよ。中学の頃、いや高校か。君らと同じクラスのときかもしれない」

僕の家族は木《こ》っ端微塵《ぱみじん》になる寸前だった。家族四人で日光のフランス料理店へ行く途中、追い越し車線を逆走してきた車と間一髪で正面衝突するところだった。

冬。妹の誕生日のお祝いだったと思う。スルッと左の車線へ移ったのは覚えていて、その直後に父が、逆走だ！　と叫んだ。車内は騒然とし、僕は振り返ったがもう何も見えない。北へ向かうほどに霧が濃くなっていた。だからそれが近づいてくるのも見えなかったし、去っていくのも見えなかったのだろうか。僕は父の言うことが信じられなかった。

「ＰＡ《パーキングエリア》で入口から間違って出たんだな」

とデンちゃんが言い、僕もそう思っていたが、今考えて、あれ、と思って、

「でもこの先ＰＡなくない？」

と言った。そうなら、あれはまぼろしだったんじゃないか。そう思いたいのだ。僕には見えなかったのだから。

幽霊が、ものすごいスピードで僕たちの後ろへと通過したみたいだった。あるいはそれは、新幹線の真っ白な塊が田舎の駅に迫り、その慎《つつ》ましい地方に気づきもしない傲慢《ごうまん》な速度で走り抜けたみたいだった。

テツが笑って言った。

「いや、日光のところにＰＡがあるんだよ。この道はもっと奥の方まで行くのよ。

だから宇都宮から乗ってＰＡで休んでて間違ったんだな。入口でＵターンしちゃった」

そういうことか。日光より先があったのか。僕にはまるでその意識がなかった。日光で終点、そこで物語が終わる、あるいは始まる。僕が勝手にそう思っていただけだった。

日光で一般道に降りてから先は、ただなんとなくさらに北へ行くことになった。霧降《きりふり》高原と呼ばれる地帯だ。あたりは真っ暗になっていた。木々は境界を失って溶岩のようになり、道の両側からただ沈黙した物質が押し迫っているのを感じながらアクセルを踏み続ける。そしてあるところで、夜が真っ二つに割れてガランと視界が開けた。

長い橋だった。峡谷にかかる橋だ。

両側が米軍基地みたいな高いフェンスで囲まれている。

「おお、この橋か」

とテツが言い、僕は減速していって橋の途中で停め、ハザードをつけた。

赤い三角形が点灯する。カチカチと固い音が目覚まし時計みたいに鳴っていて、二人が先に外に出て、僕はサイドブレーキをきちんと引いたのを確認してから出た。やはり高地だから寒かった。半袖《はんそで》なので鳥肌が立ち、腕をさする。デンちゃんはジャージのジッパーを首まで上げ、フェンスの向こうに茫洋《ぼうよう》と広がる黒い山を見ながら言った。

「何人死んだんだろな」

橋の欄干の外側に、背丈の二倍くらいありそうなフェンスが取りつけられていて、飛び下りを防止している。

高所恐怖症がある僕は、その下の奈落《ならく》を覗き込める距離まですぐには行けない。寒い。夏なのを忘れている。季節が混乱する。夏の気温もここに落下する。ここから投げ捨てたものはもう探せないだろう。

フェンスがあっても端まで歩み寄ることに全身が抵抗していた。なぜかフェンスがあるのに落ちてしまう気がした。だが他の二人が平気で下を見ているのに、なぜ僕だけがと馬鹿《ばか》らしくなってくる。それで僕は、老人のように、あるいは進化の途中のホモ・なんちゃらのように腰を曲げ、そろそろとにじり寄っていき、ようやく欄干とフェンスを通して途方もない奥行きを二重に垣間見ようとした。

夕立を蓄えた積乱雲のように厚い霧がのっそりと這《は》っていた。巨大な獣の背中が怪しくそのかたちを変えつつあった。背筋の流れを思わせる細かな曲線がうごめき、ところどころちぎれてはそのあいまに、膨張する宇宙の果てと同じく超高速で走り去っていくのだろう漆黒が少し見えていた。

僕はポケットに手を入れ、あの小さな物体を欄干の縦線とフェンスの横線のあいまから投げ捨てた。それが落下していくのは見えない。手放したら、手元から消えた。

＊

八月終わりに臨時の会議があり、そのためだけに行くのは鬱陶《うっとう》しかったけれど行くしかないので行き、結局は報告を聞いているだけの無駄な時間で、そのあとコピー室にあるポストを開けた。夏のあいだも献本はじゃんじゃん届いている。

柏木先生が先に来ていて、郵便物を相変わらずのマメさですべて回収しているようだった。彼女はヘタをすればひとつひとつに礼状を書きかねない人なのだ。

「あの小金井さんって、ツイッターでもう何もないですか？」

「いや、小野寺だよ、おのでら。

あの人ねえ、忘れてたよ。べつにその後はないね」

「ならよかった。なんか、私に興味あるみたいで、シンポジウムのお誘いが来ちゃったんだけど。どうしようと思って」

「ええ？　それ受けるの？」

「迷ってるんだけど……登壇者はもう一人いて三人で、その人は問題ないのよね、経済学の人で、前から知ってて。その人が小金井さん、あ、小野寺さんとつながってたみたい。

でも「友の敵は敵」とか「敵の敵は味方」とかやってたらキリがないでしょ」

「じゃあ、裏で僕のこと何か言ってたら教えてよ？」

「オッケー。私スパイだから。

もうあっちこっちでスパイやりすぎで、誰が味方かわかんなくなっちゃったわ」

「陰口はコミュニケーションを円滑にする、だよね」

「もちろん、○○さんの陰口もちゃんと言ってきます」

奇妙な二人だと思った。僕はあとでこの会話を文字に起こしてみようと思った。何でもいいから僕はまた書き始めようと思った。必要がないものから、また書き始める。

西院《さいいん》の松屋でチキンの定食を食ってから、阪急で半分眠りながら帰り、バーに寄った。入る前に誰が来ているかを物陰から見ると、常連らしき賑やかそうな集まりの中に井澤がいるとわかる。躊躇《ちゅうちょ》したが、結局ドアをくぐった。

なっちゃんがいなくなってから島崎さん一人での営業が続いていて、島崎さんが飲みゲームを主宰すればそこが店の中心で、あとの客は置いてきぼりになりがちだ。

確かに井澤がいて、スロットマシンの脇《わき》にはゴジラもいるし、いつもの連中でUNOで盛り上がっていた。僕はそこから離れてキッチン側の席につく。島崎さんが途中でカードの束を置き、おしぼりを冷蔵庫から出してこちらに来る。まだ早いからあまり強いのはと思ったが、やはりXYZを頼む。

「台風来てるらしいっすよ。ヤバいらしいっすよ」

と言って、シェイカーに最後にコアントローを入れ、薄暗い店内で緑っぽく光る水槽の方を向いて、それを金槌《かなづち》で叩き割るみたいにシェイカーを振った。島崎さんは生臭いのを嫌がっていて、水槽の管理はなっちゃんに任せきりだった。グッピーがまた増えたように見えるが、養殖しているのだから時々「ストック」が来るのだろう。常連の一人が立ち上がり、ダーツの試し投げを始めている。

「あれ、〇〇サン来てた？」

井澤がいつの間にか隣に立っていた。

「あのさあ、訊きたいんだけど、哲学的には「死」ってどうなの？」

「なによ急に。

死ぬって、まあ死ぬよね。それだけでしょう」

「俺、死にたくないんだけど」

そう言われて、今日は言葉を抑えないことにした。

「僕はべつにいつ死んでもいいよ。これをやり遂げなきゃ死ねないとか、急に死んだらもったいないとか思わない。ここまでで十分生きてきたわけで、誰だって十分生きてきたんだよ。誰でも、今この時点までで十分に生きてる。だからべつにいつ死んでも損なわけじゃない。まあこういうふうに、哲学は「死の練習」とか言われて」

「じゃあ今すぐ死ねよ」

「は？」

「いつ死んでもいいんだろ、じゃあ今すぐ死んで」

僕はカクテルに口をつける。酸っぱい。ただ酸っぱい。

「それはできないな。べつに今すぐ死にたいわけじゃない。いつ死んでもいいってのは事故なんかで偶然的にってことで、意図的にいつ死んでもいいってことじゃないから」

「じゃあいつ死んでもいいんじゃないじゃん」

井澤サーン！　とゴジラが痺《しび》れを切らすように呼んだので、井澤は振り返って「ほーい」と返事をする。

「〇〇サン、ダーツやろうよ。投げるだけだから。ポーンって投げるだけ」

井澤がカウンターから赤い羽根のついた矢を取って、何も言えないでいる僕に手渡した。その胴体は真鍮《しんちゅう》か何かの黄色っぽい金属でできていて、意外に重くて手のひらに冷たくしっとりと収まった。僕は自然とそれを三本の指でつまむ。そう持てと、投げられるためだけに作られたその物体が全身で僕に伝えているからだ。そして投げろ、と僕に言う。

「やろう」

距離はどのくらい？ 二メートル？ 立つ位置には白いビニールテープで線が引いてあって、その横に水槽の台があり、水を通過した蛍光灯の光が足元をゆらゆらと照らしている。眼前には同心円。真ん中が梅干しみたいな赤丸。他も赤のところ、黒のところ、白のところがチェス盤みたいになっている。東京の環状線みたいだと思った。

とりあえず投げると、軌跡は真ん中のブルより下に垂れ下がって、外周ぎりぎりに引っかかるように刺さった。

「そうそう、それでいいの。自然に」

肩を回してから、もう一度投げる。今度は右の方へ飛び、刺さらずにはね返されてしまった。

「力を抜いて！」

この矢は結局、東京で生きたあの時へと逆走しているのだろうか。この矢は前に飛ぶのか後ろに飛ぶのか。僕はどこへ投げているのか。方向が混乱し、季節が混乱している。

また投げる。ブルの左隣に入った。

それから三人ずつのチームに分かれて始まったゲームは、ある初期値の点数から、刺さったマス目ごとに異なる点数が引き算されていき、ぴったりゼロにできた方が勝ちというものだった。ブルに入ればいいわけじゃなく、適切な点数のマスを狙《ねら》うコントロールが必要で、彼らはそれを巧みにやってみせる。僕は何年もここに通っていて、この勝負がそういう繊細なものだということを今の今まで知らなかった。僕と井澤のチームは敗北した。だから、僕は初めてテキーラを一気飲みさせられた。

「まずい！」

と一応言った。そんなにまずいとも思わなかったけれど一応。テキーラだって味わって飲める酒なんだから。そして体が急に熱くなり、やっぱり酔った。

八月二十八日に発生した台風21号は急速に発達し、「非常に強い」という二十五年ぶりの威力で日本に向かった。

大阪に来た当初は、東京に比べて台風が来ない都市だと思っていたが、この台風は四国から上陸し、九月四日に大阪を直撃した。僕はこれまで台風の前に備えをしたことがなかったが、先の地震もあったことだし、一応ペットボトルの水と菓子パンを買っておくくらいはした。

空一面が不思議な感じの明るい灰色になった。僕は仕事机のそばの窓でごうごうと強まってくる風を聞いていた。

やがてガランガランとものが転がる音が始まり、ビニール袋や、薄っぺらい看板や、葉っぱ、木の枝などが、重力を失って天と地の途中に新たな居場所を見つけたみたいにふわふわと浮上し始めた。世界から色が薄らいでいき、モノクロの写真というか鉛筆で手早くデッサンしたように見えて、風はすべての色までも吹き飛ばしていくようで、雲はそれ自身で光を放つかのようにますます明るくなった。

異変は一時間ほどで通過した。宙に浮いていたものはまた地に落ち、なんやかんやが散乱した道路を見て、ある現象が今終わったのだと我に返った。

大阪湾でタンカーが流されて関西空港につながる橋に衝突し、空港が陸から切断されたのを知った。それから数ヶ月にわたり関西の物流には混乱が生じた。

数日後、梅田駅で夕方に晴人と待ち合わせて、近くの安い居酒屋に入った。今日のおすすめを書いたホワイトボードでわかさぎの天ぷらが目に留まった。夏場は琵琶湖の小鮎《こあゆ》だが、琵琶湖では元々いなかったわかさぎが増えていると聞いたことがある。小魚丸ごとの天ぷらは内臓の苦みが日本酒によく合う。魚が好きなのが僕らの共通点では一番大きいのかもしれない。潰《つぶ》れた内臓や小骨がザラザラと舌に残るのを冷やで流し込み、「うまいね」と僕が言うと、晴人はそれをラケットで真正面に打ち返すように「うまいね」と言った。

もう一口よく冷えた液体で舌を洗い、僕は少しのあいだ考えていた。そして「今夜泊まってけば?」と誘った。

マジックミラー

床は灰色。ビニールみたいな素材で、冷たい。土足禁止の境界線が黄色いテープで示されていて、靴を入れるビニール袋が用意されている。玄関の段差はない——だから造りが住宅用ではない。右に曲がる。二メートルほど先に黒い布が下がっている。右手の壁が受付で、マジックミラーの下にスリットがある。ここまではっきりしている。で、これは記憶が曖昧《あいまい》なのだが、その下はガラスケースになっていて、ローションのボトルやたぶん競泳パンツとかが真っ白な蛍光灯で照らされていた。そこだけの明るさが不気味だった。

その店は古いオフィスビルの一階部分で、窓は内側から黒いものを張って潰《つぶ》してあった。だから昼間に見たらヤクザか何かの事務所みたいで怪しまれていたはずだ。

受付の先にある布をくぐると、廊下は闇《やみ》の奥へ伸びていって、どこまで続くのかわからない。左側に壁がある。そのところどころにドアノブがあるのが見えてくる。音楽のボリュームは控えめで、どこのハッテン場でもハウスミュージックの類《たぐ》いがかかっているがそれより、ずっとうなり続けている空調の音に意識が行く。そしてすぐ右側からブラックライトの紫色の光が漏れてくる。そこがロッカールームになっていて、他の店に比べてその空間が妙に広かった。ガランとしていた。それを覚えている。素足になると床が染《し》みるように冷たい。足の裏がペタペタする。細長い鏡がそこにあった。僕はその表面で、紫色に染まった僕の全身を見た。

だがそのハッテン場の名前を思い出せなくなった。いつ頃その名前が意識から遠ざかったのかもわからない。

いつ頃なぜそこに行くようになったのだろう。東中野にあったことは確かなのだ。駅から出て目の前を貫通する広い道路は山手通りで、細長いビルがあって、そこにはマクドナルドがあった。その脇《わき》、脇道を行くとあの古いオフィスビルに行き当たる。あの店の名前を思い出したい。いま。すごく思い出したいのだが、僕の記憶には手がかりがひとつもない。とくにあの店でそれほど「いい思い」をしたわけでもない気がするが、男たちの顔もひとつとして像を結ばない。

あそこに行ったのはいくらか経験を積んだあとだった。最初に常連になった代々木のハッテン場が閉店してからだ。

代々木のPは、九〇年代末にたぶん東京で一番有名だったビデオボックスで、流行《はや》りの格好をした若者で毎晩ごったがえしていた。その内側には、十個くらいの鍵《かぎ》のかかるボックスに仕切られた「島」があり、その周囲をぐるっと廊下が取り巻いていて、廊下の外側にもさらに部屋がある。

各ボックスにはテレビが置かれ、ゲイビデオを流しているのだが、目的は当然それではない。左右の壁には腰ほどの高さに小さな穴があって、そこから覗《のぞ》けば隣の様子がかろうじてわかる。男たちはボックスを出たり入ったりし、その穴からサインを送り、いったん出てからひとつのボックスで合流したり、あるいは廊下で誘うのに成功すれば二人でどこかのボックスにシケ込んだりする。隣で関係が成立して使用中になると、丸めたティッシュで穴が塞《ふさ》がれる。

あの頃は、大学進学で上京して一年は経《た》っていた。初めてPの店内に踏み込んだときには仰天した。同年代の細身の男たちが廊下に所狭しと立ち並んでいたからだ。

薄青い闇の中で、全員が全員イケメンに見えた。それはもちろん幻想だけれど、とにかくそんな数の若い男が男とただセックスをしたくてここに集まっているのだという驚くべき現実に胸が高鳴って、もう誰でもよかった。そのときの僕にとっては誰だろうとイケメンだった。

少し甘い匂《にお》いが店内を満たしている。それは当時ブームだった柑橘《かんきつ》系の香水と、若い男に特有の、パンをちぎったときの匂いみたいな穏やかな体臭が混じったものだった。男が男の手を引いて、すばやく個室に連れ込む——その甘やかな匂いの源へと連れ去るようにして。

何をすればいいのかは徐々にわかってきた。

さりげなく狙《ねら》いの相手に近づいて、何も関心がないふりをして隣に立ち、ある瞬間、すべてを破り捨てるような決断によって太腿《ふともも》に手を伸ばす。ダメならばそいつは静かにその場を離れる。言葉は使わない。使うべきではない。

灰皿のあるカウンターに寄りかかった色黒で髪の長い男がこちらを一瞥《いちべつ》した気がした。傲慢《ごうまん》な目だった。そしてその視線は僕からすぐ離れ、隣に立つ似た風体の男に笑いかける。

彼らに僕は相手にされないのだとわかった。

あれから二十年以上が経った。あの代々木の夜に集まっていたイケメンたちは今どこにいるのだろう。

緑色の同じ酒瓶が無数に並べられた脇に、白い球体のものがある。その正面にひとつあるまん丸のものは……レンズだ。

「あれ監視カメラ?」

と、布巾《ふきん》でグラスを拭《ふ》くひこひこさんに声をかけた。

「そうなのよ」

「いつから? 録画してるの?」

ひこひこさんは髭《ひげ》に囲まれた口を魚のように尖《とが》らせて「うん」と頷《うなず》く。くり抜いたマグロの目みたいな球体。以前そんなものはなかった。ゲイバーの夜の証拠を残すなんて、ひどいじゃないか。ここは秘密の場所じゃないの?

「ごめんなさいね、半年前からよ。お客さん同士のトラブルもあるでしょ。警察が来てね、付けてほしいって。まあヤクザ対策なのよ」

「イヤだなあ僕は」

「そうおっしゃる方もいるのよね。でもあたしの家から様子がわかるのよ？　こないだなんか店が終わったあとで真っ暗なはずなんだけど、なんか白いのがビャーッと飛んでたの」

「やだそれゴキブリでしょ。飛ぶのよ」

と、若い店子《みせこ》が横から口を出す。ストローみたいに細いタバコをせわしく吸っている。

「違うわ、オバケよ絶対。うようよいるからこの辺」

「オバケはあたしたちでしょ？　オバケが帰ったからゴキブリが出てきたんだわ」

そう吐き捨てて店子は僕のグラスに焼酎《しょうちゅう》を足し、直接ペットボトルからジャスミン茶を入れ、青い透明なマドラーをカラカラと回した。

東京を出てもう十年になる。新宿二丁目には年に数回出張のついでに寄ることがある。たいてい最後にはひこひこさんの店に行く。ひこひこさんも歳《とし》をとったはずだが、ずんぐりしたその体型は昔からそのままのような気がする。本当は昔はもっと痩《や》せていたはずなのに、その現実感はいつしか完全に失われている。

「あんたも迫力が出たわね、昔はホストみたいだったのに」

と言われて、僕はわざと眼鏡を外し、それから手持ち無沙汰《ぶさた》におしぼりを畳み直している。眼鏡を外せば昔の自分とまだそんなに変わらないつもりだからだ。

「ホスト！　面影ありますよね」

と、明るい声で隣の席に座るスーツ姿の男が言った。そいつはぜんぜんタイプじゃない。けれど、若いには若くてツヤツヤした顔の男だった。そのべつに好みでもない尖った顎《あご》を見やりながら、僕は自分のだぶついた喉元《のどもと》に手を当てた。

あの代々木のPで一番態度がデカかったのは当時サーフ系と呼ばれたやつらで、それがギャル男《お》というジャンルになるのは数年後のことだ。行き始めの頃の僕にはまだそういう流行に身を投じる勇気がなかったが、モテるためだという目的が明確になって服を変え、香水もつけるようになった。

肌を焼くのは難関だった。日焼けサロンで季節外れに焼けば、友人や家族から見て僕が性的意識を高めたのだとバレバレである。それは人前でマスターベーションをするようなものなのだが、でもどういうわけか、ある時期にそれもどうでもよくなった。たぶん一度試しに焼いたら、それで中毒的に焼き続けることになったのだろう。日焼けマシンは弱いものから始めないと赤むくれになるから、最初は大して黒くならない。数日後にまた来るように言われ、重ね焼きをする。薄い茶色のニスを重ね塗りするように薄く焼いては休め、というサイクルが一度始まれば、いつのまにか惰性で、そうなってはまずかったはずの悪鬼のような姿になっている。たぶん肌を焼くのが習慣になってからのこと。代々木のPで、廊下の突き当たりの右に曲がる角にある小部屋で、二人は立ったままで互いを愛撫《あいぶ》していた。

タチ役の相手がまず僕のパーカを捲《まく》って「半脱ぎ」にして乳首を舐《な》め、それからそいつが上を全部脱いでテレビに服をぶん投げる。僕もそれに続いて上を最後まで脱ぎ、それでようやくこの特別な時間が本格的に始まる。二人は健康診断みたいにそれぞれにズボンを下ろし、そしてパンツを下ろし合って交替でペニスをしゃぶる――その最中だった。相手がすばやく何かを取り出して鼻に当て、シュッと音を立てた。ああ、これか。と思うそのときにごく自然に僕の鼻にもその小瓶が向けられて、ペンキみたいな刺激臭がした。僕はとっさにその小瓶に手をかぶせて拒否した。

それからどのくらい後かわからないが、新宿西口にあった別の店で、個室に入って鍵をかけたら間髪入れずにズボンを下ろされて、やたらに上手《うま》いフェラチオをされたことがあり、すばやく頭を上下させる男がその流れで鼻に小瓶を押しつけてきたので、どうでもよくなって強く息を吸った。

急に鼓動が速くなる。空間全体がぬるいプールにドボンと浸《つ》かり、店内のすべての音が弱音器がかかったように遠のいていく。キーンと高い音が頭上に直線のように伸び、そして鼓動が重たく首の血管に響くなかで、二人の体はただ摩擦し摩擦されるだけの一対の機械になった。

そこも代々木のPと同じくビデボの形態で、やはり当時の若者に人気の店だった。その頃だと思うが、飲みに行ったときにひこひこさんとそこの話になり、「あそこ、結核流行ってるらしいわよ」とか、それとも梅毒だったか、そんな噂話《うわさばなし》をしていた。……あたしは梅毒やったわよ、とひこひこさんが言うときのその声を潜める言い方を思い出したが、それは別の会話だったかもしれない。ともかく、病気の噂が立ったときに西新宿のそこにはもう行かなくなっていたから僕は大丈夫だと思っていて、いつしか店がどこにあったかも忘れてしまったのだった。

「ねえ、東中野のどっち側か、昔ハッテン場あったでしょ」

と、ひこひこさんにあの店のことを聞いてみた。

「あー、「アタック」だったかしら？　あのビデボ、潰れたわね」

「それは中野坂上で、そうじゃなくてさ」

僕が否定したそのとき、背中にそっと冷たさが触れた。後ろのドアが開いたのだとわかる。僕は振り向いた。

「あら」

と声をかけられたが、言葉に窮した。すぐさまその顔を記憶の中で検索した。

「やだわ。お久しぶりじゃない」

「――ユウくんだよね？」

「そうよ。やだわ、何年ぶりかしら……ちょっと太った？」

僕は「そうね」と言い、そして眼鏡を外す。

「そっちもね」

ひこひこさんが「あっはー」と笑う。

「この人ねえ、また土曜だけ入ってもらってて」

ユウトはこの店に通い始めた頃の店子の一人だった。僕より一つ二つ下だったはずで、でも僕より早く高校時代から二丁目に出ていたという話だった。少し先輩として他の店をいろいろ紹介してくれて、親切な印象だったけれど、友達というほど親しくなったわけではない。カウンターを挟んでしゃべるだけの関係だった。

当時、ひこひこさんの店は若者が集まる賑《にぎ》やかな店だった。それから二十年が経って、その頃の若者がそのままオッサンになり、オッサンばかりの落ち着いた店になった。

今度はカウンターに入ったユウくんが僕のグラスに焼酎をつぎ足す。僕はユウくんにも飲むように勧め、彼は自分のグラスに自分で注ぎ、再会を祝って乾杯した。

面影はあるな、と思った。

確かにあのユウくんの「あの」感じが生き生きと存在している。でも、その「あの」が、今や積もり積もった贅肉《ぜいにく》に沈んでいる。僕は彼の全身を、石の塊からその「あの」を慎重に削り出すようにして眺めていた。ユウくんとは一度ヤッたことがあった。あの体はそのときは、なだらかに筋肉が起伏する完成された一個の彫刻だった。それから年月を経て、ユウくんは無垢《むく》の大理石に戻ろうとしているのだろうか。そしていつかは大地の奥深くへと戻って眠るのだろうか。

頬には腫《は》れたように肉がつき、元々目立つ方だった笑い皺《じわ》は年齢の皺に変わっていた。お腹《なか》が張り出している。

あいつだ。と気づいたのは、乳首に吸いついて、それから唇を下へ滑らせていく途中だった。あの店子だとわかった。

そのときにユウくんの体は豹《ひょう》のようにスレンダーで、暗闇の底を滑らかに移動しており、僕はすれ違いざまにその小ぶりの尻《しり》にぴったりと張りついたボクサーブリーフを一瞬撫《な》でた。それほどためらうこともなく。この感じならイケる、という勝手な見込みがあった。ケツの頬には何かの選手みたいに数字が白抜きでプリントしてある。濃く日焼けしているせいで肌が周囲の闇に溶け出していて、その数字だけがギラギラと深夜の道の標識のように浮き上がって見えた。

そのハッテン場は高円寺にあった。ビデボ通いよりも、その後の東中野のあの店のよりもあとの時期で、二十代の半ばにはそこが僕のホームになっていた。

愛らしい顔に思えた。あいつだとわかってからも、弱い照明の下ではよく見えない。あいつだとわかった以上、記憶にある「あの」顔に合わせて、今目の前にある目や鼻や口の並びを見ようとするが、その「あの」記憶も今や確かではない。知っているはずなのに、初めて出会った相手でもあるような曖昧なひとつの愛らしさがそこにあった。

僕はこの日は珍しくタチをする気分だった、というか僕の愛撫に対する反応がそういう感じなので、そうせざるをえなくなった。

口づけては唇の上下の片方を強く吸い取って、飴玉《あめだま》のように転がして、というのを交替でやるうちに力の非対称性が生じてくる。この一時に固有の重力が生じ、攻める方と受ける方とが分離される。僕はいつもはウケなのに、いざタチをやる流れになるならやはり男というか雄らしい攻撃性が湧《わ》き上がってくるみたいで、それに「乗る」というか「乗せられる」ような感覚が滑稽《こっけい》でもありながら気持ちいい。

目の前にある胸の厚みは僕と同じくらいで、体型は似ていて、二人が首筋を舐め合う様子は鏡映しの対称図形がもぞもぞと運動するみたいに見えるはずだ。汗の塩分に柑橘系の匂いが混じればスポーツドリンクの味になる。部屋の隅には赤いスポットライトがあり、筋肉の上面はトマトのように鮮やかに照らされ、筋肉の切れ目に向かえば血糊《ちのり》のように濃く沈んでいく。僕はその体を壁に押しつけて腕をキリスト風に広げさせ、胸筋を槍《やり》で貫いた孔《あな》のような、闇がそこから溢《あふ》れてくるような乳首の黒い円へと唇を移した。

最初は突起の周りに舌を優しく這《は》わせるが、次に周囲の肉ごと大きな円周でくわえ込んで、口の中に収めた突起の先端を少し噛《か》んでやる。僕自身がされて気持ちいいことをする。そうするしかない。噛まれるたびに全身が収縮する。その反応にはかすかなわざとらしさがある——僕ならわざとそう反応するだろう。それから、腹へと唇を滑らせていけばくすぐったいだろうな、と思いながらそうして、そのあとだと思う、あの店子だと気づいた。

ボクサーブリーフに浮き上がる隆起に顔を近づける。ツンとするションベンの臭《にお》いに意識が一瞬押し返される。が、ただちにその圧力を飲み込んでいっそう興奮し、僕は鼻を押しつけ隆起をくわえ込み、布越しに温かい息を送り込んで陰部に挨拶《あいさつ》をする。そうしたら腰のゴムに手をかけて引きずり下ろし、腹まで立ち上がったペニスの頭を一気にくわえ込む。

あいつとやってるわけか。と思うけれど、それは今ここのこの興奮にとってはべつに意味がない。

ケツに手を回し、左右の膨らみを揉《も》みしだきながら引き裂くように広げ、肛門《こうもん》に意識を向けさせる。

ここだろ？

だが実際ケツをやるかどうかは、掘るにせよ掘られるにせよ迷う。僕は自分が掘られるときのために携帯用のローションを持ってはいた。掘られるつもりなのだろうか？　僕は言葉を欠いたその全身の反応を自分に引き写してみて、自分ならここでどうするか、と考えている。

その高円寺のハッテン場は「脱ぎ系」だった。

服を着たまま徘徊《はいかい》し、半脱ぎで行為に及ぶビデボではアナルセックスに至ることは少ない。脱ぎ系では、全部脱いで腰にタオルを巻くだけのところもあれば、パンツ一丁とか、曜日によって競パンをドレスコードにするところもあった。脱ぎ系は本格的に「悪い」感じがして、行くのは単純に怖かった。脱ぐ恥ずかしさもあるが、それより怖かったのだ。それを乗り越える勇気がいつ出たのかも思い出せない。九〇年代から二〇〇〇年代初頭は、代々木のPをはじめとするビデボ全盛の時代だった。若いのはビデボで、脱ぎ系は上の年齢という意識もあった。

そもそも僕の体はあばらが浮いて見えるような痩せぎすで、人前に出せる代物《しろもの》じゃなかった。子供の頃から極度のスポーツ嫌いだったが、男遊びの幅を広げるにはスポーツへの意識を変える必要があった。一人暮らしを始めて三年目くらいに近くにスポーツクラブができるというビラを見て、プールも大浴場もあることだし、とすぐ会員になった。同年代の体育大学の学生だというハキハキしたポニーテールの女性がマシンの使い方を丁寧に教えてくれた。プロテインを飲むようになり、食事を増やし、僕の体にはいくらか男性的な起伏ができていった。

次第にアナルセックスへの興味も強くなり、恐怖心を振り切って、というか恐怖を快楽にするという転換に気づき、あるときから脱ぎ系へ進出するのだが、その歩みとシンクロして、時代全体が恐怖も恥も捨てていくみたいに、ビデオは下火となって若者向けの脱ぎ系が増えていった。

東中野のあの店も脱ぎ系だった。そしてあの店は、もしかすると最初にチャレンジした脱ぎ系の店だったかもしれない。だから特別な記憶になっていて、その名前を忘れるほど、実はそれはショッキングな体験だったのかもしれない。

とはいえ、本当にヤバそうなところは避けた。

新大久保だったか、あるときヤバい店を見たいという魔が差して、看板も何もないマンションの一室に行ったことがある。ゲイ雑誌のその広告に地図はなかった。

電話番号だけがあり、ケータイの番号を非通知にして問い合わせると、低い男の声で、だが意外に丁寧な口調で道を教えてくれる。プラスチックのボタンが出っ張っている旧式のエレベーターに乗った。赤茶色のドアの部屋番号を何度も確認したが、自信がない。だが他の住人が来て目撃されるかもしれず、できるだけ早く隠れなければならない。ここ以外にない。とレバーに手をかけると、拍子抜けする滑らかさでドアが開いた。

狭い玄関だった。例によって正面にマジックミラーとスリットがある。どこのハッテン場でも同じだ。そこには無表情な僕が映っている。怯《おび》えていることを隠しながら自信を装《よそお》おうとして、表情がマイナスとプラスで打ち消し合ったみたいに。その姿が向こうから丸見えだ。僕は僕の姿の向こう側から一方的に監視され、何者であるかを計算されている。僕には僕の姿しか見えない。僕の不安しか見えない。

「さっき電話したんですが」

と少しかがんでスリットの方へ告げると、その仕切り壁がこちらに向かって開いた。出てきたのは坊主頭《ぼうずあたま》だった。でっぷり太り、両腕に刺青《いれずみ》がある上半身裸のオヤジで、ここ会員制だから、これに身長体重年齢、あと名前はテキトーに書いて、と早口で言って厚紙を渡される。隙間《すきま》から覗くそのオヤジの待機場所はごく狭く、分厚い布団《ふとん》が敷き詰められていて繭《まゆ》の内部みたいで、液晶テレビがぼうっと光り、小型の扇風機が照らし出されていた。

偽《にせ》の名前を考えるのに少し迷ったが、身長体重も若干ズラして書くと、その紙をラミネート加工して会員証のできあがり。それで靴を脱いですぐのロッカールームに入ると、長身でゴツゴツした体の男が服を着ているところだった。左奥にはベージュのカーテンで隠された入り口があって、そこから喘《あえ》ぎ声と怒号のような声が聞こえている。輪姦《まわ》してるな。とわかる。どこまでやられるかわからないな、と即座に思う。

オレンジ色の薄っぺらいタオルを腰に巻くのだが、長さが足りないので両端を手で押さえなければならず、面倒なので全裸になった。深呼吸をしてカーテンをくぐり、何も見えない闇の中で立ち止まり、視力を慣らしていって地図作成を始める。男たちの吠《ほ》える声は、怒りを快楽に変えようとしているみたいだ。両側に小部屋がある？　奥は乱交スペースだ――その入り口も暖簾《のれん》のような布で仕切られ、その下に脚が青っぽく見えてくる。小部屋は二つだけ？　ここはそれだけで終わりのようで、狭い。ならば乱交になるわけだ。
だんだん見えてくる。何本も脚がある。家畜の脚。
後ろから突いているとわかる。数歩進む。何人もいる。僕は布に手をかけて入らずに覗く。四つん這いにされたやつを後ろから犯す者、そいつをさらに後ろから抱
いて乳首をいじる者。ギャラリーは何人いるか見分けがつかない。
ここに混ざるのか？　瞬間的に僕は、すべてをかなぐり捨てて参戦するとして、
それでもぎりぎりのセーファーセックスを維持できるかと意志を確かめていた。コ
ンドームを握りしめている。一個じゃ足りないだろう。
これは「観光」なのだと言い聞かせる。この闇をしばらく吸い込んでいるだけで
いい。それでさっさと出る。
人にできるだけぶつからないように、犯されているやつの頭の前にそろそろと進
み出て、僕はその光景を眺めようとした。すると程なくして自分のケツに冷たいも
のが触れた。ギャラリーの手だ。冷たい？　何かが滑ってくる。ケツの頬から穴に
向けて違和感がゾワゾワと滑り寄ってくる。
冷たい？　なんか塗ってる？

僕は上半身をよじってその闇から体を引っこ抜くように飛び出し、ロッカーに戻ってケツをさすると、ぬるぬるしたものがついていた。指を見ると糸を引いている。精液ではない。ローションだ。精液は糸を引かない。ガマン汁なら糸を引くけれどこんなに出るわけがない。肛門までは来ていないはずだ。でも、これだけでもう何か伝染《うつ》されそうで怖気《おぞけ》が立ち、すぐ脇のトイレに入って紙で拭《ぬぐ》い、洗面台で何度もハンドソープで手を洗って、大急ぎで服を着てそこを出た。

それから交替で僕をフェラチオしたユウくんは、ヒラリと背を向けて壁に手をついた。だから、いつもは自分の直腸に仕込むローションを僕は人差し指の先にたっぷりと搾《しぼ》り出し、こちらに向いたそのケツに慎重に挿し込んでいく。まだ余裕がある。中指を添えても入る。薬指もいける。

「ぜんぜんいけるね」

と声をかけると、

「プロだから」

と爽《さわ》やかな勢いで言う。そう言うユウくんの顔は僕からは見えない。バックでやるときには相手は半分誰でもなくなる。肩甲骨《けんこうこつ》を頂点とした三角形の地帯に男らしいものを感じて、それで勃起《ぼっき》している。

今や「あの」ユウくんの笑顔は遠のいて、赤く塗り潰された肉の塊があるだけだ。後頭部を見る。襟足は明るくブリーチされ、そこがいっそう目を刺すように赤く光っている。僕は腰に手を添えてゆっくりと挿入する。そして襟足を鼻でかき乱すようにして首の脇に歯を立てる。

そのセックスが終わったあと、ロッカールームのそばにある明るい喫煙所で顔を確かめた。あのユウトに違いないが、前はこんなには焼けていなかった。向こうは僕の名前を覚えていない。それでも、懐《なつ》かしいねー、と笑って再会を喜んでいる。笑うと目元に皺ができるのが「あの」ユウくんで、でも彼が僕を本当に覚えているのかは確かめようがない。その必要もない。僕も前よりずっと黒くなったし髪型も変わったから、本当に当時の僕と一致するものなのか訝《いぶか》しく思った。僕の体にはあの頃以来、こんな空間の闇をニスのように重ね塗りし続けてきたのだから。

今どうしてるのと聞くと、えー、と一瞬ためらって、また笑い皺をつくって、ウリ専なんだよねと言う。だからプロだというわけだ。ケツが慣れているのも納得だった。それでスツールに座ってタバコを吸っていると、こちらの肩に頭を傾けてくる。なんだよ、と僕は狼狽《ろうばい》する。僕の方だって基本はウケなんだから、そうされても困ってしまう。でも挿《い》れるには挿れたんだから、この瞬間だけは責任みたいなものがあるのかもしれない。僕はまた勃起していた。

それでもう一度、さっきの部屋に戻って挿入した。二回目痛くない？　大丈夫？と一応聞くと、じゃないと仕事できないでしょ、と快活に言った。

だから一時だけ、恋人みたいな気持ちになった。外に出たときにはもう十分明るくなっていた。ビルの入り口の段差を降りて僕がまたタバコに火をつけると、ユウくんもそれに続けて、アメリカンスピリットの黄緑の箱を取り出した。僕は横の自販機で缶コーヒーを二つ買い、一つを手渡した。段差のところに座った。

「彼氏いないの？」

背の低いコーヒーの缶をコンと置いて僕が聞くと、

「彼氏っていうか、一緒に住んでる」

と答える。意味がよくわからない。

「ノンケなんだけど、俺が貢《みつ》いでて」

——そのノンケが好きなのだそうだ。でもノンケだから恋愛にはならない。友達以上恋人未満？

水商売の男で、そいつには借金があって、ユウくんは消費者金融で借りてまでそいつを支援している。それで負債が膨らんでしまい、ウリ専も始めることになったそうだ。

前の歩道には水色のツナギを着たゴミ収集の作業員がやってきて、収集車がゴーゴーと音を立て始めた。

「しょうがないよねえ、貢いじゃうんだよねえ」

と笑うその笑い皺を見ながら、この人に何かしてあげたいような、ヒーローを演じたいような気持ちと、僕には理解できないその愚かしい生き方を唾棄《だき》する正反対の気持ちとが水と油のように混じっていた。

僕らはケータイのメールアドレスを交換して別れた。

翌日、昼頃に起きた僕は、近くのドトールに行ってジャーマンドックを食べながら、自分を大切にしなよ、何かあったら相談してね、と笑顔の絵文字をつけてメールを打った。ありがとう、○○くんは優しいんだね、とすぐ返事があった。その○

○には、彼は覚えていなかったが昨夜もう一度、半分は思い出してもらうために、半分は初めて自己紹介する気持ちで教えた僕のファーストネームが入っている。

だがそれっきり連絡は途絶えた。そして二人が四十代にさしかかってから、最初のゲイバーでまた会うことになった。

ユウくんは今は蒲田《かまた》の方に、今度はちゃんとした恋人と住んでいるとのこと、でも相変わらず彼が諸々《もろもろ》お金を出しているという。変わってないなあ、と思う。彼の生活はあの朝に一度聞いただけ。あの朝の一時と、今の一時が定規で引いた直線でつながる。その間にあるはずのデコボコは全然知らないし、たぶんこれからどうなるかを追いもしない。

「昼はデパートで案内の仕事してるの」

「そう、この人案内「嬢」なのよ」

とひこひこさんが言ってホッホッと神様みたいに笑う。

そのとき、ひこひこさんの肩越しに見える監視カメラがまた気になった。この一つ目の怪物の脇に、力を入れてつぶっているもう一方の目があるような気がした。

僕はユウくんを見る。片目だけの視野みたいに、半分に暗がりがかぶさっている感じがする。

それは僕らの体をただ一度結びつけたあの高円寺の闇だ。

甘く匂う闇の中で、ヒカリゴケのように薄明るいマットレスに寝そべって誰かが来るのを待っていた。どこかしらに精液が染みているに違いない、いつ交換したのかもわからないマットレスに寝そべっても僕は平気だった、というか、そんな不潔な闇の底に寝そべるだけのかすかなスリルのために入場料を払ってもいい。ヤれない日があってもべつによかった。あの闇の不安に体を浸すだけでいい。僕はそこに満ちる悪《あ》しきものを吸い込んで、闇の一員になる。闇が膨張する。闇が勃起し、僕も勃起する。

筋肉が少しはつき、日サロ通いも習慣になり、髪型も流行りのセミロングになり、週末に塗り重ねた闇を昼間にも連れ回し、いよいよ恥知らずに生きるようになる。

ヤれなくてもいい。チョコレートケーキのように焼けた肌から白目ばかりをギラギラさせ、ネックレスを下げた胸元から柑橘系の匂いを放散し、僕は廊下に背を預け、行き来する無言の男どもを傲然たる眼差《まなざ》しで品定めしている。

僕は他に誰もいないガランとしたロッカールームに戻って、細長い鏡の前に立った。

紫色の光に塗り潰された体が映っている。腹筋の分かれ目がくっきりと見える。胸はまだ薄いが、ある程度の盛り上がりはできている。くびれた腰からボクサーブリーフへと滑らかにS字の曲線がつながる。今僕は、最高の体をしている。今なら好きなだけヤれる。だから今夜はヤらなくてもいい。だがいつかは誰にも相手にされなくなる日が来る。覚えておく。この姿を覚えておく。この紫色の姿を見て、覚えておくと思ったことを覚えておく。これはいつか必ず失われる姿なのだ。覚えておく。僕は僕のこの体を。

解説

羽田圭介

本作『オーバーヒート』は、哲学者・小説家である千葉雅也氏による『デッドライン』、『オーバーヒート』、『エレクトリック』という、現段階における小説三部作のうち二番目に発刊された作品であり、表題作の他に第四五回川端康成文学賞を受賞した短編「マジックミラー」が併録されている。

私小説的な要素も強い本作を解説するにあたって、筆者にとって千葉氏のそれまでの作品や本人との接点がいかなるものであったのかについても触れておく。季刊文芸誌であった「早稲田文学」二〇一五年春号の特集記事「「後ろ暗さ」のエコノミー　超管理社会とマゾヒズムをめぐって（千葉雅也＋墨谷渉《すみたにわたる》＋羽田圭介）」という鼎談《ていだん》において、千葉氏とは初めてお会いした。その際は、博士論文を基にした分厚い本『動きすぎてはいけない　ジル・ドゥルーズと生成変化の哲学』（二〇一三年河出書房新社刊、二〇一七年河出文庫化）で書かれていたことを踏まえ、身体とマゾヒズムについて話し合った。年始の、ほとんど人気《ひとけ》がなかった八重洲《やえす》の、貸し会議室で行われたのを覚えている。

約二年半後、筆者が『成功者K』（河出文庫）という小説を、千葉氏が『勉強の哲学　来たるべきバカのために』（文藝春秋）を刊行して間もなかった二〇一七年九月に、文藝春秋西館地下ホールでトークイベントも行っている。イベント前に当然、『勉強の哲学』を読んでいるのであるが、こちらは過去作『動きすぎてはいけない』とはうってかわって気軽に読める実践書であるなと、氏の筆の振り幅の大きさに驚かされたものである。イベント後に出版社の人たちも交え近くのレストランのテラス席で軽く食事をしたが、なにを話したのかは覚えていない。おそらく、ありていな世間話を楽しんで、解散したのだ。

それからさらに二年後の二〇一九年、刊行された小説『デッドライン』を、単行本で読んだ。この作品についても触れると、主人公の大学院生の青年は、〈男性をウケの立場から欲望するが、それは性同一性障害やトランスジェンダーとは別のことだ。僕は、男として男を欲望〉する。〈都営新宿線の新宿三丁目駅を出て、ビッグスビルの角からその通りに入る、というのが、十八の頃から僕にとって二丁目《ニチョ》に行くということだった〉と記されているように、欲望を満たそうとする青年の行動は半自動化されているかのようであり、街を回遊し〈その循環の中に滑り込んだ〉りする身体感覚が鮮やかに描かれる。

そして筆者は『デッドライン』の読後しばらくして初めて、千葉氏がゲイであるという御自身のセクシャリティについてカムアウトされていたという事実を知った。しかも今この解説を執筆時点で調べてみるに、カムアウトされたのは二〇一七年の七月であったことからして、文藝春秋のトークイベント開催時には既にそれが成されていたにもかかわらず、自分はそれを知らないままイベントに臨み、その二年後に『デッドライン』も読んだのだった。

千葉氏御本人にとってカムアウトは、不可逆的な、それなりの決心を要することであっただろうと推察している。ただ、『動きすぎてはいけない』や『勉強の哲学』、『デッドライン』の書き手が、そうであった、という事実に対し正直なところ、筆者の心はあまり動かされず、それまでに書かれた各著作への評価や感想も変わらなかった。

「オーバーヒート」の主人公である、今年四〇歳の「僕」には、「晴人《はると》」という恋人がいる。冒頭、セックスを終えた彼ら二人は、〈並んで換気扇の下でタバコを吸っている〉。その少し気まずい時間を「僕」は楽しみつつ、晴人に対し泊まっていけばという提言ができないでいるうちに、当の晴人は終電で帰るための支度を始めてしまう。

〈晴人はソファの方へ行き、黒いナイロンのバックパックを担《かつ》ぎ上げた。仕事帰りだから重そうだった。その重さは赤ちゃんくらいありそうだと思った〉

男二人による、生殖とは無関係のセックスの末に、赤ちゃん、という語を出されれば、ともすれば重要な含みを勝手に見いだしてしまいそうになる。しかしその数行先、数ページ先を読み進めていっても、先述の描写はそれが文章中に配置されたその時点で完結しており、深読みをなんら必要としていないことが明らかになっている。

それではなぜ「赤ちゃん」という明喩《めいゆ》が印象的であったのかというと、その状況におかれた人物がぼんやりとでも感じそうなことを、実に的確に書いているからにほかならない。深い含みのある比喩ではなく、かといって些細《ささい》なことを意味深な感じで書くのとも全く異なる。その状況にいたらなにを観察するか、といった取捨選択を行う目の感性が、抜群に優れているのだ。

優れた目で書かれた本作には隙《すき》がない、というよりなにか含みをもたせることによる嘘《うそ》や誤魔化しがないため、とても強度が高い小説として仕上がっている。読み手による、すすんで理解してあげよう、というような親切な態度も、完全に不要なのだ。

テキストを読んだり、あるいは他者と接する中で、対象をすすんで理解しようとする態度自体は、人間的に尊く、大事にされるべきものである。しかしながら、深く読み取って理解してあげようとする態度は、時として誤読を生じさせる。それだけならまだしも、尊大ともいえる〝理解者〟は時として、他者の言葉を、自分の意思を表明するための手段として勝手に編集して用いることもある。その多くは悪意に端を発しているものではないのであろうが、自らの言葉を元の文脈から乖離《かいり》した形で、いわば勝手に代弁されることには、誰にとっても苦痛や怒りをともなう。

男が男として男に欲情する、ということに関して、色々な補助線を引きながら読む方法もあるだろう。しかし本作は実際のところ、そうした補助線を全く必要としていない。描写されていることをそのまま追ってゆくだけで、じゅうぶん、楽しめる作品になっている。

たとえば中盤の、「僕」と晴人がベッドに移動し行われる性行為のシーンでは、〈体を舐《な》め合いフェラチオをして、最後は手でイカせる。いわゆるバニラ・セックスで、長い付き合いなのに挿入は二度しかしたことがない。男同士の挿入は手間がかかるし、後始末も面倒だから〉、〈僕は本来はウケだが、加齢と共に年下相手ならタチをやるようになった。本来の欲望とは逆に、このピチピチに張った尻《しり》の筋肉にぶち込んでザーメンを何度も吐き出したいと荒々しく欲望がもたげるのはやはり僕もオスだからなのだろう〉、〈晴人もやはり立派にオスであって、普段の僕は年上らしくしているつもりなのにウケの本性が出て身を任せてしまう〉というように描写される。

男が男として男に欲情している場合のセックスはこういうものなのかと、それまで知らなかったことを鋭い観察眼を通し書かれると、知的好奇心を刺激されるような心地よさも覚える。まるで自分は、進歩的な座学を受けている、柔軟な心をもった受講生であるかのような気持ちになりかけたところで、性行為シーンは次のように締められる。

〈そして腕を上げさせて押さえつけ、胸筋の周りをなぞり腋《わき》の下へと舐め上げていって、そのガス臭い窪《くぼ》みに顔をうずめてむしゃぶりながらカチンコチンのペニス同士を押しつけ合う〉

そう、「カチンコチン」なのだ。読み手を、柔軟な感性をもった受講生にさせかけたところで、思わず笑ってしまうような音の響きを有した「カチンコチン」で崩し、小説世界に抜けをつくる。男二人による性行為のこのシーンに、黙っていても付与されるようなしっとりとした空気や切実さを読者に印象づけたいのであれば、「カチンコチン」はいらない。

ただこの作品は、放っておいてもそれなりにまとまってしまう磁場を有した小説という表現形式に対し、意識的であるかのように、「カチンコチン」のような洒落《しゃれ》た表現を用い、読み手の態度や、そして小説そのものに対し、能動的に揺さぶりをかけてくる。

本作では登場する場所も様々に切り替わる。後半に登場する沖縄のリゾートのシーンでは、小説内の空間を一気に切り替えつつ読者に見える風景や感じ方まで見事に変えてくるのが巧みであるし、故郷の宇都宮におけるドライブでの空間認識の仕方もいい。

大阪の、島崎《しまざき》さんという人が古株バーテンダーをやっているバーの常連客である「僕」は夜な夜なそこに通いはするものの、いまいちノリがあわない常連客たちとはあまりしゃべらず、店内で酒を飲みながらツイッターの文章を打ち込み投稿したりする。

「僕」にはルーティーンを行う日中の居場所もあり、ある日、いつもの喫茶店でモーニングを頼みタバコを吸い、仕事をしようとする。すると近くの席で、色黒の男が他の男二人に対し怪しい投資の勧誘、つまり詐欺《さぎ》を行おうとしていることに気づく。〈そんなクズみたいな仕事〉〈育ちが悪いんだな〉などと心中で蔑《さげす》みつつも、〈クズ男、いい男〉と欲情してしまうのを、己で抑えることはできない。

なんと人間的か。

他にも、喫煙場所を求めまくったり、大阪の街で「放置自転車」なる概念を認めず「自由駐輪」したりと、〈新たな言葉をでっちあげて社会問題化する連中に対抗して、そんな言葉をそもそも認めないという闘い〉を、彼自身の個人的な自由を求めて日々行っているのだ。等身大の主人公が日常生活を送ってゆく姿を通し、読者自身の日常に対する眼差しの在り方まで確実に変えてくる力を、本作は有している。短編「マジックミラー」では、四〇代にさしかかった主人公「僕」が、昔出入りしていた代々木のビデオボックスを思い出す場面がある。大学進学で上京し一年は経《た》っていたという頃で、自身の意思で自発的に訪れたにもかかわらず〈何をすればいいのかは徐々にわかってきた〉とあるように、インターネット上でいくらでも事前情報に触れられてしまう時代以前の若者の身体感覚が、的確かつ繊細に描かれている。〈さりげなく狙《ねら》いの相手に近づいて、何も関心がないふりをして隣に立ち、ある瞬間、すべてを破り捨てるような決断によって太腿《ふともも》に手を伸ばす〉主人公は、〈言葉は使わない。使うべきではない〉とも意識する。わざわざ意識するということは、バーでツイッターをやっていた「オーバーヒート」の主人公同様、極度に言語的な人間であるということにほかならない。〈日焼けサロンで季節外れに焼けば、友人や家族から見て僕が性的意識を高めたのだとバレバレである〉と意識するように、男からモテるために肌を焼くという行為ですら、「僕」にとっては雄弁で言語的な行為となる。

日焼けだけでなく、スポーツクラブへ通いプロテインも飲み、若い「僕」が思い描く男性的な起伏は、徐々にではあるが身体上に意図的に作り上げられてゆく。そんな体は、どこのハッテン場にもあるマジックミラーの前で、向こう側から一方的に監視され、当の「僕」には自身で作り上げた「僕」の外面しか見えず、その心はいつまでも宙づりにされたままで、どこにも着地しない。

その頃に一度セックスをした「ユウくん」と連絡は途絶えており、そして二人がともに四〇代にさしかかった現在において、「僕」とユウくんは偶然再会する。店という人前であることを差し引いても、ユウくんは二〇年余り前に「僕」とセックスしたことを、しゃべるどころか態度としておくびにも出さない。おっさんになったユウくんを前にして「僕」だけが、心中で雄弁に彼とのことを思い出している。〈覚えておくと思ったことを覚えておく。これはいつか必ず失われる姿なのだ〉という、かつて自身に語り聞かせた言葉と共に。

「オーバーヒート」、「マジックミラー」という二つの優れた小説内で主人公が経験してきたことと、筆者は無縁ともいえる生活を送ってきた。タバコは吸っていないし、自転車は駐輪場に駐《と》めようとするし、行きつけのバーだってない。それでも、「オーバーヒート」の主人公にとってのバーという居場所が存在するように、この『オーバーヒート』という本自体が、総じて、読者にとっての居場所みたいな小説になっている。徹頭徹尾、人間讃歌の小説として書き上げられているからだろうか。書棚から取り出し開いたとき、そこに居場所が広がるかのような魅力を有した本は、希有《けう》である。

（二〇二三年一〇月、小説家）

この作品は二〇二一年新潮社より刊行された。

千葉雅也著 **デッドライン** 野間文芸新人賞受賞

修士論文のデッドラインが迫るなか、行きずりの男たちと関係を持つ「僕」。友、恩師、家族……気鋭の哲学者が描く疾走する青春小説。

織田作之助著 **夫婦善哉《めおとぜんざい》** 決定版

思うにまかせぬ夫婦の機微、可笑しさといとしさ。心に沁みる傑作「夫婦善哉」に、新発見の「続 夫婦善哉」を収録した決定版！

宮本輝著 **道頓堀川**

大阪ミナミの歓楽の街に生きる男と女たちの、人情の機微、秘めた情熱と屈折した思いを、青年の真率な視線でとらえた、長編第一作。

宮本輝著 **流転の海** 第一部

理不尽で我儘で好色な男の周辺に生起する幾多の波瀾。父と子の関係を軸に戦後生活の有為転変を力強く描く、著者畢生の大作。

山崎豊子著 **ぼんち**

放蕩を重ねても帳尻の合った遊び方をするのが大阪の〝ぼんち〟。老舗の一人息子を主人公に船場商家の独特の風俗を織りまぜて描く。

山崎豊子著 **花のれん** 直木賞受賞

大阪の街中へわての花のれんを幾つも幾つも仕掛けたいのや——細腕一本でみごとな寄席を作りあげた浪花女のど根性の生涯を描く。

綿矢りさ著

手のひらの京《みやこ》

京都に生まれ育った奥沢家の三姉妹が経験する、恋と旅立ち。祇園祭、大文字焼き、嵐山の雪――古都を舞台に描かれる愛おしい物語。

綿矢りさ著

ひらいて

華やかな女子高生が、哀しい眼をした地味な男子に恋をした。でも彼には恋人がいた。傷つけて傷ついて、身勝手なはじめての恋。

谷崎潤一郎著

細（ささめゆき）雪

毎日出版文化賞受賞（上・中・下）

大阪・船場の旧家を舞台に、四人姉妹がそれぞれに織りなすドラマと、さまざまな人間模様を関西独特の風俗の中に香り高く描く名作。

谷崎潤一郎著

痴人の愛

主人公が見出し育てた美少女ナオミは、成熟するにつれて妖艶さを増し、ついに彼はその愛欲の虜となって、生活も荒廃していく……。

森鷗外著

山椒大《さんしょうだ》夫《ゆう》・高瀬舟

人買いによって引き離された母と姉弟の受難を描いて、犠牲の意味を問う「山椒大夫」、安楽死の問題を見つめた「高瀬舟」等全12編。

森鷗外著

青年

作家志望の小泉純一を主人公に、有名な作家、友人たち、美しい未亡人との交渉を通して、一人の青年の内面が成長していく過程を追う。

色川武大著
百
川端康成文学賞受賞

百歳を前にして老耄の始まった元軍人の父親と、無頼の日々を過してきた私との異様な親子関係。急逝した著者の純文学遺作集。

島尾敏雄著
出発は遂に訪れず

自殺艇と蔑まれた特攻兵器「震洋」。出撃指令が下り、発進命令を待つ狂気の時間を描く表題作他、島尾文学の精髄を集めた傑作九編。

大江健三郎著
死者の奢り・飼育
芥川賞受賞

黒人兵と寒村の子供たちとの惨劇を描く「飼育」等6編。豊饒なイメージを駆使して、閉ざされた状況下の生を追究した初期作品集。

古井由吉著
杳《よう》子《こ》・妻《つま》隠《ごみ》
芥川賞受賞

神経を病む女子大生との山中での異様な出会いに始まる斬新な愛の物語「杳子」。若い夫婦の日常を通し生の深い感覚に分け入る「妻隠」。

丸谷才一著
笹まくら

徴兵を忌避して逃避の旅を続ける男の戦時中の内面と、二十年後の表面的安定の裏のよるべない日常にさす暗影――戦争の意味を問う。

筒井康隆著
ヨッパ谷への降下
―自選ファンタジー傑作集―

乳白色に張りめぐらされたヨッパグモの巣を降下する表題作の他、夢幻の異空間へ読者を誘う天才・筒井の魔術的傑作短編12編。

三浦哲郎著

忍ぶ川

芥川賞受賞作

貧窮の中に結ばれた夫婦の愛を高らかにうたって芥川賞受賞の表題作ほか「初夜」「帰郷」「団欒」「恥の譜」「幻燈画集」「驢馬」を収める。

車谷長吉著

鹽《しお》壺《つぼ》の匙《さじ》

三島由紀夫賞受賞

闇の高利貸しだった祖母、発狂した父、自殺した叔父、私小説という悪事を生きる私……。反時代的毒虫、二十余年にわたる生前の遺稿。

町田康著

夫婦茶碗

あまりにも過激な堕落の美学に大反響を呼んだ表題作、元パンクロッカーの大逃避行「人間の屑」。日本文藝最強の堕天使の傑作二編！

堀江敏幸著

雪沼とその周辺

川端康成文学賞・谷崎潤一郎賞受賞

小さなレコード店や製函工場で、旧式の道具と血を通わせながら生きる雪沼の人々。静かな筆致で人生の甘苦を照らす傑作短編集。

角田光代著

くまちゃん

この人は私の人生を変えてくれる？　ふる／ふられるでつながった男女の輪に、恋の理想と現実を描く共感度満点の「ふられ小説」。

青山七恵著

かけら

川端康成文学賞受賞

さくらんぼ狩りツアーに、しぶしぶ父と二人で参加した桐子。普段は口数が少ない父の、意外な顔を目にするが――。珠玉の短編集。

高樹のぶ子著
光抱く友よ
芥川賞受賞
奔放な不良少女との出会いを通して、初めて人生の「闇」に触れた17歳の女子高生の揺れ動く心を清冽な筆で描く芥川賞受賞作ほか2編。

江國香織著
犬とハモニカ
川端康成文学賞受賞
恋をしても結婚しても、わたしたちは、孤独だ。川端賞受賞の表題作を始め、あたたかい淋しさに十全に満たされる、六つの旅路。

津村記久子著
サキの忘れ物
病院併設の喫茶店で、常連の女性が置き忘れた本を手にしたアルバイトの千春。その日から人生が動き始め……。心に染み入る九編。

柚木麻子著
BUTTER
男の金と命を次々に狙い、逮捕された梶井真奈子。週刊誌記者の里佳は面会の度、彼女の言動に翻弄される。各紙絶賛の社会派長編！

山田詠美著
ひざまずいて足をお舐め
ストリップ小屋、SMクラブ……夜の世界をあっけらかんと遊泳しながら作家となった主人公ちかの世界を、本音で綴った虚構的自伝。

円城塔著
文字渦
川端康成文学賞・日本SF大賞受賞
文字同士が闘う遊戯、連続殺「字」事件の奇妙な結末、短編の間を旅するルビ……。全12編の主役は「文字」、翻訳不能の奇書誕生。

保坂和志著

ハレルヤ
川端康成文学賞受賞

特別な猫、花ちゃんとの出会いと別れを描く「生きる歓び」「ハレルヤ」。青春時代を振り返る「こことよそ」など傑作短編四編を収録。

上田岳弘著

太陽・惑星
新潮新人賞受賞

不老不死を実現した人類を待つのは希望か、悪夢か。異能の芥川賞作家が異世界より狂った人間の未来を描いた異次元のデビュー作。

町屋良平著

1R1分34秒
芥川賞受賞

敗戦続きのぽんこつボクサーが自分を見失いかけるも、ウメキチとの出会いで変わっていく。若者の葛藤と成長を描く圧巻の青春小説。

朝吹真理子著

きことわ
芥川賞受賞

貴子《きこ》と永遠子《とわこ》。ふたりの少女は、25年の時を経て再会する――。やわらかな文章で紡がれる、曖昧で、しかし強かな世界のかたち。

坂口恭平著

躁鬱大学
―気分の波で悩んでいるのは、あなただけではありません―

そうか、躁鬱病は病気じゃなくて、体質だったんだ――。気分の浮き沈みに悩んだ著者が発見した、愉快にラクに生きる技術を徹底講義。

國分功一郎著

暇と退屈の倫理学
紀伊國屋じんぶん大賞受賞

暇とは何か。人間はなぜ退屈するのか。スピノザ、ハイデッガー、ニーチェら先人たちの教えを読み解きどう生きるべきかを思索する。

オーバーヒート

新潮文庫　ち－９－２

令和六年二月一日発行

著者　千《ち》葉《ば》雅《まさ》也《や》

発行者　佐藤隆信

発行所　株式会社　新潮社

郵便番号　一六二―八七一一
東京都新宿区矢来町七一
電話　編集部(〇三)三二六六―五四四〇
　　　読者係(〇三)三二六六―五一一一
https://www.shinchosha.co.jp

価格はカバーに表示してあります。

乱丁・落丁本は、ご面倒ですが小社読者係宛ご送付ください。送料小社負担にてお取替えいたします。

印刷・大日本印刷株式会社　製本・株式会社大進堂

ISBN978-4-10-104162-9 C0193